書下ろし

# うそつき無用

げんなり先生発明始末②

沖田正午



祥伝社文庫

# 目次

# 第一章　気持ちよき発案

一

スポッと小気味よい音を立て、灘《なだ》の銘酒が入った四斗樽《よんとだる》の栓が抜かれる。

二合の徳利に酒は注がれ、熱燗《あつかん》となって膳の上に置かれた。この夕も、鰯《いわし》の目刺しを肴《さかな》にしての晩酌である。

「もう樽の中身が半分ほどに減ってきたから、これからはちびちびと呑《の》めよ源成《げんなり》」

茶碗で酒を呑む源成に、父である左衛内《さえない》がたしなめた。

文政《ぶんせい》四年（一八二一）は晩秋、木々の葉っぱが黄や赤に色づくころのこと。

江戸は湯島聖堂《ゆしませいどう》近くに、すでに老齢となった平賀《ひらが》左衛内とその妻鈴乃《すずの》、そして二十三歳になるもまだ嫁の来てがない息子、源成の三人が暮らしていた。

外がまだ明るい七ッ半刻（午後五時）あたりから平賀家の夕餉《ゆうげ》ははじまる。猫の額ほどの狭い庭に、はらはらと散る落ち葉を愛《め》でながらの夕食であった。

番傘貼りの内職を済ませ、焼いた魚を酒の友にして、一献《いっこん》やるのが父左衛内と倅《せがれ》源成の嗜好《しこう》であった。

酒ならば、しこたまある。

二月《ふたつき》ほど前、神田花房町《かんだはなぶさ》にある酒問屋『白鶴屋《はくつる》』の窮地《きゅうち》を源成は救った。小普請《こぶしん》組に属する旗本が、白鶴屋を乗っ取ろうと言いがかりをつけてきたのを、発明で救ってあげたのだ。その礼として、灘の銘酒が一杯に満たされた四斗樽が贈与された。四十升もあるから、呑みでがある。二月の間で、その半分を呑んだというのだから、二人ともかなりの酒好きであった。

「もうそろそろ、冬も近いのう」

開いた障子戸から外を見やり、猪口《ちょこ》に注がれた酒を呑み干しながら左衛内がぽつりと言った。二合徳利を三本空《あ》け、左衛内と源成は赤ら顔となっている。

やがて暮れ六ツ（午後六時）も近くなり、外は暗さを増してきている。

「もうそろそろ障子戸を閉めませんと、お風邪《かぜ》をめしますよ」

「そうだな、外も暗くなってきたし……」

　妻である鈴乃の話しかけに、夫の左衛内が応えた。こんな両親の会話を、源成が目を細くし、考え深げに見やっている。

「……なんだか、このごろ老《ふ》けたような感じがするな」

　父左衛内五十八歳に母鈴乃五十三歳と、老《お》いの域に達した両親を見やり、耳には届かぬほどの声で、源成は呟《つぶや》いた。

「もっと、楽をさせてあげねば」

「楽がどうのこうの言っておるようだが、いったいなんのことだ?」

　独《ひと》り言の声が大きかったか、酔いの回る声で左衛内が問うた。

「いえ、なんでもございません」

　——あれほどの声が聞こえるなら、まだまだお元気だ。

　先の思いを撤回《てっかい》し、源成はほっと安堵《あんど》の息を漏らした。

　源成の頭には月代《さかやき》がない。総髪に刷毛《はけ》先が銀杏《いちょう》の形をした、銀杏頭である。医者か学者によく見られる髪型であった。面相は父親似ではなくて幸いであろうか。母の鈴乃に似たか、色白で丸みがあり、しかも童顔である。世の女たちはこれを『……可愛《かわい》い』といって、母性本能をくすぐるようだ。ゆえに源成は、中年増、大年増の年上たちからはよくもてる。だが、年上から言い寄られても、源成はなびくことができないでいた。それでも、早く嫁を娶《めと》って両親を安心させてやりたい思いが、先の独り言となって出たのであった。

父親の左衛内は、元は禄高二十俵取りの下級武士で、今は傘貼り浪人に身をやつしながらも、源成が生み出す発明に大きな夢を托《たく》していた。

「ところで源成……」

「はい、なんでございましょう？」

「今、何かおもしろいものでも作っているのか？」

訊《き》いて左衛内は、酒の注がれた猪口に口をあてた。

「いえ、今のところは……そのうちに、世の中に必要となるものが浮かんできましょう」

「左様か。早いところまた何か作って、わしらを……」

楽にしてくれと言おうとして、左衛内は言葉を止めた。息子に催促《さいそく》をするのも忍びない。父親としてあるまじきことだと、武士《もののふ》の魂を捨ててはいない。

「早くわたくしたちを、楽にさせておくれでないかい」

口にしたのは、母親の鈴乃であった。武士が口に出せないことも、女では口にすることができる。代わりに言ってくれたことが、ありがたいと左衛内は心の中で思った。鈴乃は、そんな夫の心理を見抜いて、代わりに言ったのかもしれない。

「どうも、申しわけございません」

ここは謝る以外に、源成には仕方がなかった。

源成という名は、同姓のよしみから父左衛内がこよなく尊敬する、平賀源内《げんない》の一字を取った。源内のように成るとの、思いを込めたものだ。

源成は自《みずか》らを『発案家』と称し、他人《ひと》に読み書きを教える傍《かたわ》ら、新しいもの造りの発明に余念がない。これまでも数々の発明品を生み出してはいるが、天性の楽天家からか、欲というものに無頓着《むとんちゃく》であった。ゆえに、未《いま》だ発明品が変じて財となってはいない。それというのも、源成のもつ思惑《おもわく》にあった。

――発明とは世のため人のためにあり、けして金銭を得るものにあらず。

この考え方が、父としての左衛内には、いささかもどかしさを感じるところであった。

源成がまだ小童《こわっぱ》であった五歳のときに考案した『玉落穴入抽選器《たまおとしあないれちゅうせんき》』なるものがあった。しかし、その発案は他人の手に奪われ爆発的に売れたものの、すぐに下火となって跡形《あとかた》もなく消えた。人々の射幸心を煽《あお》ると、幕府からの禁止令が出たためである。この製作販売に絡《から》んだ者は、財産すべて没収の重い咎《とが》めを受けている。ただ、発案者の源成には咎めはなかった。考案から一つ齢を取ってもたったの六歳で、こんな小童にこのようなものが考案できるはずがないとの見解からであった。

そのあとに作り出したのが『書見台丁めくり』なるものであった。書見台に載せた書物を、手を煩《わずら》わすことなくめくることができるというものであった。こんな便利なものが世の中にあるのかとばかり、父親の左衛内が大量に作って儲《もう》けを目論《もくろ》む。だがしかし、思ったほどどころか、ほとんど売れなかった。若者の本離れが進み、本そのものが売れない世相であったことも一因にある。名馬を売って作った財を、すべて書見台丁めくりの製作につぎ込み失敗に終わった。

「——書物とはおもしろいものなのになあ。まったく、本ぐらい読め」

と憤《いきどお》っても、どうしようもならぬ。それからというもの、仕《つか》える主家もなくなり、傘貼り浪人となった平賀家は、さらに貧困の道を辿《たど》った。しかし、人の道を踏み外すことなく源成は健《すこ》やかに育つ。それなりに、仕合わせな一家ともいえよう。

歳月が経《た》ち、源成は齢のいった両親のために『自動番傘紙貼機』というものを開発した。しかし、この発案も他人の手に奪われ、その手によって大量に生産されて世の中に出るものの、作りの粗雑さから傘貼りの具合が不出来となって、人々の反感をかった。今や自動番傘紙貼機は平賀家に一台残るのみとなっている。

平賀家にある自動番傘紙貼機は、源成が丹精込めて作ったものである。ゆえに、傘の貼り具合に不出来なものはなく、古傘を卸《おろ》す古骨買いといわれる業者から評判を得ていた。すべて手で貼るのと、自動番傘紙貼機で貼るのとでは生産高でかなりの違いが出た。二人が一日かかって精を出してもせいぜい二、三十本であったものが、百本以上作れる。それと、なんといっても仕事が楽である。

これは、平賀家に多少の潤《うるお》いをもたらすことになった。

「――ああ、いいものを作ってくれた」

こんな両親の感慨を聞くたびに、源成も心底から潤うのであった。

――やはり、仕合わせというのは銭金で買えるものではない。

そんな思いが源成の根底にあるから、貧しさを厭《いと》うものではない。これでよいのだと、両親が喜ぶたびに目を細める源成であった。

夕食が済むと、あとは寝るだけとなる。

膳が片づけられ、そこに二対の蒲団《ふとん》が敷かれようとする。

「さてと、自分の部屋に戻るとするか」

源成が立ち上がり、部屋から出ようとしたときであった。

「おい、鈴乃。今夜もいたそうか」

左衛内の言葉が源成の耳に入った。

「はい、左様でございますわね」

「しかし、おまえにやられると、気持ちよいからのう」

「あなただって、お上手で……」

なんの憚《はばか》りもない両親のもの言いに源成の眉根に一本縦皺《たてじわ》が寄った。まだ倅が部屋の中にいるというのに、ずいぶんと艶《つや》っぽい会話である。

――齢を取ってもお盛《さか》んなものだ。

幼いときから左衛内の所有する艶本を読んでいたから、源成はこの手の会話には敏感である。

「それにしても、気持ちがよいからのう」

「でも、やりすぎると疲れます」

「それもそうだのう。やられる方は気持ちよくても、やるほうは疲れる」

「ですから、交互に少しずつやって差し上げればよろしいのでは」

「少しずつでは、気持ちよくはならんぞ」

――まったく、いい齢をして何をしておられるのだ？　耳を塞《ふさ》ぎたくなるような両親の会話に、源成も呆《あき》れ返る。だが、それが思い過ごしと知ったのは、左衛内の次の言葉であった。

「いくら源成の作ってくれた自動番傘紙貼機が楽だといっても、肩のこりだけはどうにもならんな」

左衛内が、肩を上下に動かしながら言った。

「それでは、きょうはあなたから揉《も》む番でございます」

「そうか、わしから揉むのであるな。それにしても百回は、揉むほうが疲れる。やはりおまえが言ったように、五十回ごと交互に揉み合うとするか」

「それはよいお考えで……」

――なんだ、揉み合いっこのことか。

下世話な考えを抱いたことに、源成は自分を恥じる思いで障子戸を閉めた。

「どうだ、ここなんぞ気持ちがよかろう？」

「ああ、そこそこ……とっても痛気持ちいい」

うっとりとした鈴乃の声が、障子越しに源成の耳に入った。

# 二

その夜、源成はしばらく寝られずにいた。

両親の艶っぽい会話に興奮したからではない、ふと思い浮かんだことがあったからだ。床の中で独りごちる。

「揉み合いっこか。そういえば……」

傘貼りの合間にも、互いに肩を揉み合うところを見かけたことがある。それと、このところ自動番傘紙貼機があるにもかかわらず、作る量が減ってきたと嘆《なげ》いているのを聞いたことがある。実際に、出来高は最盛期の半分ほどに減っていたのだが、源成は気づかずにいた。

自動番傘紙貼機は、放っておいてもみんなやってくれるという全自動ではない。やはり、ある程度は工程に人の手が必要である。その作業の出来が齢のせいで落ちてきている。

必要は発明の母である。

「そうか！」

両親の、肩を揉み合う姿を思い浮かべたと同時に、脳裏《のうり》に閃《ひらめ》くものがあった。

「……揉むほうが疲れると言ってたな。だったら、揉み手の疲れを緩和してやるものを作ればよいのだ」

しかし、ここからが源成の辛苦のはじまりであった。思いつきなら誰でもできる。ただ、それを形にしてこそ発案家たる所以《ゆえん》なのだ。

源成は掻《か》い巻きを撥《は》ね除《の》け、立ち上がると文机に向かう。蠟燭《ろうそく》に灯《あか》りを点《とも》し、手元を明るくする。そして、草紙に揉み手の絵を描いた。

「この手に代わるもの……」

揉み手で一番重要なのは、親指の動きである。

「もみもみ、もみもみ……」

声に出しながら、手の動きを絵に描く。

「そうかあ」

揉み手の様を描いていくうちに、源成はふと気づくことがあった。それが、逸《はや》る気持ちを萎《な》えさせ、憂《うれ》える声となって出た。

若い源成には肩こりというものの経験がない。それがどれほどつらいもので、揉んでもらうと、どのくらい気持ちいいものか分からないことに気づく。

自分の肩に手をあて、実際に揉んでみる。肩がこってないから、何も感じない。ぎゅっと力を入れるも、ただやたらと痛いだけだ。

「母上が言っていた、あの痛気持ちいいってのは、いったいどんな感じなのだろうか?」

よほど気持ちがよかったらしく、思わず口に出たものとみえる。源成が肩揉み器なるものを作るとすれば、まずはここから入らなくてはならない。そこが一番苦慮《くりょ》するところだと、源成は思った。だが、体感しようにもできるものではない。ならば、両親に訊いてみようと、源成は立ち上がった。

障子の前に立つと、まだ明かりが灯り声が聞こえてくる。

「このこりこり、ここを圧《お》すと堪《たま》らぬであろう?」

揉み手の番は左衛内のようだ。

「くーっ、気持ちいい」

喘《あえ》ぎ声のような、鈴乃の声音であった。

「どうだ、まいったか?」

「はい、まいりました」

「さてと、これで五十回だな。今度は、わしが揉まれる番だ。少し、力を入れて頼む

「力を入れると、疲れます。せっかく揉まれて楽になりましたのに、またこってきてしまいます」

「まったくだのう。これではきりがない……」

と、聞こえたところで源成は障子の外から声をかけた。

「よろしいでしょうか？」

「おや、源成か。何かあったか？」

障子越しに、左衛内の声が返る。

「はい、ちょっとその揉み合いっこのことで……」

「まあ、入ってくればよいではないか。何を遠慮することがあろう」

分かりましたと言って、源成は障子戸を開けた。すると敷蒲団の上に、左衛内と鈴乃が並んで座っている。

「今しがた、揉み合いっこのことでと言っておったが、どのようなことだ？」

「父上母上の、肩を揉み合うのを見まして、ふと思いついたことがあり……」

「なんと、何かいい案を思いついたというのか？」

源成の言葉を途中で遮《さえぎ》り、左衛内は好奇に瞠《みは》る目を向けた。源成の新発案には、左衛内も待ち焦《こ》がれていたものがある。

「それで、どんなものだ？」

立てつづけに問いが発せられる。発案への興味で、肩のこりはどこかにいったようである。

「どんなものだと仰《おお》せられても、まだ何もできてはおりません」

「なんだ、まだできてないのか」

がっかりとした、左衛内の声音であった。

「たった今、思いついたばかりですから、そんなに簡単にはできませんよ。それで、ちょっと訊きたいことがございまして」

「なんだ、訊きたいこととは？」

「わたしは今まで、肩というのをこったことがございません」

「左様であろうの、若いから」

「それで、どんなものかと」

「それを知ったところでどうなる？　できれば肩こりなんぞないほうがよい。だが、これればかりは苦労をしているとつきものになる。齢を取ってくれば、なおさらだ」

「おまえが嫁を娶らないのも、親として苦労の一つなのですよ」

鈴乃の言葉には、源成もたじろぐ。

「どうも、すみません」

ここはとりあえず、謝る以外にないと、源成は頭を下げた。

「まあ、そのことは置いときまして、です……」

そして、やんわりと話の矛先《ほこさき》を変える。

「いかにしたら揉み手が楽になり、揉まれるほうはさらに気持ちがよくなるか。そんな道具を作り出せたらいいなと思いまして……」

「なるほど、そんな便利なものが世の中にあれば、これは飛びついて人々は買うぞ」

「いえ、父上。もしそれを作り出せたとしても、これは父上と母上のものとして使っていただきます」

「なんだと、売りに出さんのか？　まったくおまえという奴は欲というものがないのう。だから、嫁が来んのだ」

「まったくですよ、源成」

話が別のほうに逸れそうだ。

「嫁とこのこととは、かかわりなきことと思います。今話していることは、そうではなくて肩こり解消の道具を……」

「左様であったな。それにしても、そんなものができたら夢のようだのう」

「まったくでございます、あなた……」

源成はこのとき、欲得うんぬんにかかわらず、これを世の中に出しても売ることは叶《かな》わぬであろうと、ふと頭の中によぎるものがあった。それが何かと問われても、今は勘《かん》というより仕方がない。

ともかくも、親のためを思い、ここは是が非でも作り出そうと源成は考えていた。

部屋の隅《すみ》に正座して、両親に向けて問いかける。

「それで、こりというものはどんな風に痛くて、揉まれるとどんな風に気持ちいいのかを知りたいのですが」

「なかなか言葉に出すのは難しいの。これぼかりは肩こりになってみないと分からんし、人それぞれ感じ方が異なる」

「それと、揉まれて気持ちいいと感じる人もいれば、痛くて堪らないといった人もいると聞きます。わたくしたちは、気持ちがよくなるほうですけど。ねえ、あなた」

「ああ、わしなんぞはなんとも心地よい」

源成の問いに、左衛内と鈴乃が交互に答える。

「おまえなんぞ、根《こん》を詰めて仕事をするから、肩がこってよさそうなものだがのう。肩が張って痛いとか、そういうことはないのか？」

「それが、まったくないのです。肩こりになってみたいなあ」

「何を言っておるか、源成。そんなものは、ないに越したことはない。酷《ひど》くなればどんなにつらいか分かっておらんから、そんなことが言えるのだ。頭はぼうっとして、目はかすむ……」

「それだけではありませんわ、あなた」

「まだあるか？」

「なんといっても、ものごとのやる気をなくさせますから」

「そういえば、仕事も億劫《おっくう》になるのう。傘貼りのでき具合も、このごろはいっときの半分以下に減っている」

これは由々《ゆゆ》しき問題だと、左衛内は言葉を添える。

「それは困ったことになりますね」

両親の話を聞いただけでも、源成には、肩こりの症状というのがなんとなく分かる気がしてきたようだ。

「困ったどころではない。だから源成、早いところ、その肩こり解消の道具なるものを作ってくれぬか」

「はい。ですからそれでもって、今ここにお邪魔を……」

「左様であったな。そうだ源成、わしの前にきて座れ」

部屋の隅に座る源成を、左衛内は手招きをして呼んだ。そして源成は、左衛内と向かい合わせにして座った。

「向こうを向け」

失礼しますと言って、源成は左衛内に背を向けた。

「これから肩を揉んでやるから……」

「わたしには、けっこうです」

「けっこうと言うのは、やってよいのかよくないのか、どっちだ？」

「この場合は、やらなくてもよろしいということに取っていただけたらと……」

「それにしても、源成の言葉は子どものころから変わらぬのう。なんというか、他人行儀というか、親なのだからもっと気さくなもの言いでよいのにのう。はあ、源成と話しておるとどうも肩がこる」

「どうも、申しわけございませぬ」

源成は体を反転させ、左衛内と向かい合うと深く頭を下げた。

「源成の欠点といえば、嫁さんの来てがないのと、わしたちに言葉が丁寧《ていねい》すぎるということだろうかの、のう鈴乃」

左衛内が、鈴乃に相槌《あいづち》を求めた。

「でもあなた、それはないものねだりというもの。これほど優《すぐ》れた息子は、どこにもおりませんでしょ。言葉が丁寧なのをあげつらうのは、贅沢《ぜいたく》すぎはしませんか？　お嫁さんの来てがないのは、少々気にはなりますが……わたくしは、それを考えると肩がこります」

なんだかんだ言っても、鈴乃の肩こりは源成も一因にあるようだ。

「わたしにも、肩を揉ませてください」

両親の語り合いを聞いていて、これからは自分が二人の肩を揉んでやらねばとの気持ちを、強く感じる源成であった。

「そうだのう。肩揉み道具を作るうえで、肩揉みとはどんなものか知っておらんといかんだろうからの」

「左様であります。手の動き、指の動かし方がどうしたものかと知るのが肝心《かんじん》と考えまする」

「よし、それでは一つ頼むとするか」

と言って、左衛内が体を反転させて源成に背を向ける。

「わしが気持ちよかったら、鈴乃も揉んでもらえ」

「そういたしますわ」

かくして源成は、左衛内の肩に手を置いた。そして、肩をつかむと思い切り抓《つね》った。

「うっ、痛い」

「痛気持ちよいのでは？」

左衛内が満足していると取った源成は、顔に笑みを浮かべて問うた。

「いや、そうではない。もう、やめろ」

力まかせに抓る源成を、肩を振って止めさせる。

「肩の肉が千切れると思ったぞ。うーっ、痛。肩揉みというのは、このようにやるのだ。むこうを向け」

再び源成は、左衛内に背を向ける。

「肩こりの揉み療治《りょうじ》というのはだな、相手の肩を思いやってするのだ。そうすると、自分も揉まれているような感覚となる」

まずは、左衛内が肩揉みの心得を説《と》いた。そして、おもむろに源成の肩に手を置いて、一礼をした。

「最初は力を入れずに、柔らかく……」

肩で、何かがもぞもぞと動くのを源成は感じた。

「どうだ、気持ちがよかろう」

「はあ、何かくすぐったいような」

「そうか。ならば、これではどうだ？」

左衛内は、指に力を加える。肩の感覚が、もぞもぞからむずむずに変わる。肩こりのない源成としては、肩に何かが這《は》うようで、気持ちよいという感じではない。

「それにしても、身の肉が柔らかいのう。羨《うらや》ましい限りだ」

さらに力を加えるも、源成には肩を揉まれているという感覚がない。だんだんと、痛さを増してくるだけだ。

「父上、もうけっこうです」

これでは痛くなるばかりと、源成は左衛内の手を止めさせた。だが、手の動きだけで、揉む方法がなんとなく分かる気がする。

「父上、もう一度揉んで差し上げます」

再度、揉み方となって左衛内の肩をつかむ。

「……最初は柔らかくか」

呟《つぶや》きながら、源成は手を動かしはじめた。

三

一度やってもらっただけで、左衛内の手の動きを源成はおおよそ把握《はあく》していた。

しばらく揉み進めるうちに、左衛内の口から悦《えつ》にこもった声が漏れ出す。

「うーっ、そこだ。もうちょっと、強く。そ、そうだ……」

言われたとおり、源成は指に力を入れたり、抜いたりする。

「そう、そこを親指で、ぎゅっと圧《お》してくれ」

「この、こりこりですか？」

源成の指にも、その硬くなったこりの感覚が伝わる。源成は、親指を立て強めの力を込めた。

「くわーっ、もう最高！」

「あなたばかり、ずるい。源成、早くわたくしにも……」

夫の悦に染みる声を聞き、鈴乃が待ちきれずに催促《さいそく》をする。

「こんな気持ちのいいもの、おいそれと他人に渡せるか」

普段なら、すぐに譲《ゆず》り合う仲のよい夫婦である。だが、このときばかりは左衛内は違った。いつまで経《た》っても、源成の手を鈴乃に渡そうとしない。

「もう充分揉んで差し上げました。父上は、もうよろしいでしょう」

こうとなったら、源成から説くほかはない。

「うむ、仕方あるまい。それにしても、気持ちよかった」

「はっ、早く。源成、肩を揉んでおくれ」

待ちきれないと、鈴乃が催促をする。

言われて源成は、そっと母親の肩に手を置いた。すると、思ったより肩が小さい。左衛内の肩を揉んできたばかりなので、ことさらその小ささは源成の手に感触として伝わる。

「……苦労したのだろうなあ」

鈴乃の耳に入らぬほどの小声で、源成が呟く。そんな源成の感慨を知ってか知らずか、鈴乃の口からも悦にこもる声が漏れた。

「ああ、とってもいい。ああ、そこそこ」

「さほど、よろしいものでしょうか？」

揉みながら、源成は問う。

「それは、天にも昇《のぼ》る心持ち。こんな気持ちのいい感じ、生まれて初めて」

大仰《おおぎょう》な言い方だと思いつつも、源成は母の喜ぶ声に目を細めるのであった。

源成にはおおよそ肩揉みの、力の入れ具合が分かってきた。

その夜、源成はしばらく眠れずに肩揉み療治のことを考えていた。

「……手の動きのようなものが、作れぬものか」

手の形が浮かんでは消え、消えては浮かんでくる。

「もみもみ、もみもみ……」

口にしながら、手を按摩《あんま》療治のように動かす。

「――ああ、そこそこ……」

両親の、悦にこもる声が、耳について離れない。

「これほどのものができたら……」

夜具を頭にかけ、独りごちる。しかし、良案なんてすぐに浮かぶものではない。そんなに簡単にできたら、誰も苦労はしないと思っているうちに、睡魔が襲ってきた。

その翌日から、源成の夜の過ごし方が一変する。

「源成、すまんがのう……」

燭台の下で書物をひもといてるところに、左衛内の声が障子越しに聞こえる。

「なんでございましょう、父上？」

「すまぬが、ちょっと肩を……」

「お揉みすればよろしいので？」

「左様……」

「ならば、お入りください」

「いや、鈴乃も所望《しょもう》しておるのだ」

「かしこまりました。ただ今まいります」

書物を切りのよいところまで読み、源成は腰を上げた。読んでいる書物の表紙には『肩凝素因按摩療治法』と書かれていた。

両親の部屋で、まずは鈴乃の番からであった。

「きのうは、とても気持ちよかったですから、今夜もお願いします」

「はい、分かりました」

と言いながら、源成は鈴乃の肩に手を置いた。そして、緩《ゆる》やかに指を動かしはじめた。

「おや……?」

しばらくもしないうちに、鈴乃が首を傾げる。

「いかがなさいましたか、母上?」

「きのうとは、揉み方がちょっと違うようだねえ」

「はい、人体の壺《つぼ》を圧していますから。ただやたらに揉むのとは、ちょっと変えておりますが……」

「なんと、一日でそこまでのことを学んだのですか。ああ、とっても気持ちいい」

鈴乃の口から、驚嘆《きょうたん》と悦にこもる声が同時に聞こえてきた。

「さほど、きのうとは違うのか。どれ、早くわしも揉んでくれぬか」

「まだ、はじまったばかりです」

逸る左衛内を、鈴乃が詰《なじ》った。

「ここを圧すといかがですか、母上?」

「そこは気持ちいいより、強い痛みを感じますねえ……あっ、痛い」

「ここは、肩井《けんせい》という壺です。ここが痛むのは、疲れている証《あかし》です。傘貼りもほどほどにしませんと……」

「そうはいっても、源成。働かずに、どうやってごはんを食べていくのです?」

「……………」

　他人に読み書き算盤《そろばん》を教えるだけでは、たいした収入を得ることができない。しかも、その収入のほとんどを源成は発明品の開発に費《つい》やしている。自分のことを詰られてると思い、源成の口は塞いだ。

「おまえのことを責めて言ってるのではありませんから、気にしないでよろしいです。源成は、世のため人のために尽くすように生まれてきたのですから、自分がよいと思ったとおりに生きなさい……あっ、痛い」

　母親の訓示に頭が下がったか、源成の指に思わぬ力が入った。

「申しわけありません」

「もう、いいから」

「もうよろしいですか？」

　言って源成は、鈴乃の肩から手を離した。

「いいからというのは、肩揉みのことを言ってるのではありません。謝るのはもういいと言ったのです」

　もっとつづけろと、鈴乃は催促をする。

　肩揉みをはじめてから、かれこれ四半刻（三十分）が経った。按摩に素人《しろうと》の源成は、さすがに疲れが出てくる。

「あまり肩揉みをつづけるのも、体には毒です。翌日には揉み返しでもって、余計に痛みが出ることもありますから」

体よくやめようと、源成は口にする。

「おや、揉み返しなんて言葉をよく知ってますね」

「はい、書物に書いてありましたから。ええ、人体の壺のことも……」

「勉強をしていたのですね。さあ、きょうのところはもういいわ。ああ、すっきりしました。ただやたらと揉まれるより痛いけど、壺を圧されたほうが効《き》くような気がします。さああなた、お待ちどおさまでした」

「だいぶ待ったぞ。すまぬが源成、頼むとするか」

母親が終わって、まだ父親のほうが残っていた。あと四半刻、揉まなくてはならない。しかも、左衛内は男である。肩も大きいし、それなりに力が必要となってくる。それこそげんなりとする、源成であった。

やはり左衛内にも、四半刻をかけて按摩療治をする。終わったときには、源成の手はこわばり、しばらくは握れぬほどであった。

「すまなかったな、源成。おかげで楽になった」

「それでは、お休みなさい。あしたもお願いしますよ」

左衛内と鈴乃の声を背中で聞いて、源成の肩がガクリと落ちたところであった。

遠くで、呼子《よびこ》の鳴る音がする。

「おや、また今夜も何かあったな」

「先だっても、須田町《すだ》のほうで押し込みがあったそうで」

左衛内の言葉に、源成が応ずる。

「今夜は、なんだか近そうだな」

呼子の音は、一町（百十メートル）先くらいから聞こえてくる。

「また押し込みがありましたのでしょうかねえ」

鈴乃の顔に不安がよぎる。

「早いところ捕まえてもらわねば、困るな。夜もおちおち寝ていられん」

「だいじょうぶですよ、あなた。うちはお金がありませんから」

押し込まれた家が気の毒だと言って、夜盗の話はそれまでとなった。呼子の音も小さくなり、やがて消えていった。

部屋に戻り、源成は考える。

「早いところ、肩揉み器を作らねば。おや……？」

両親の按摩に、源成は都合半刻というときを費やした。その労働のせいか、源成は肩に痛みを感じていた。そこを自分の手で揉むと気持ちいい。

「これが、こりというものなのか？」

生まれて初めての体感である。

「なるほど、気持ちのいいものだ。しかし、自分で揉むのはなんだな、片方の肩は気持ちよいけど、片方の肩は疲れる。これがほんとの痛し痒《かゆ》しってやつだな」

閃くものがあったか、源成は、独り言を口にしながら自らの親指を見やった。

「この大きさ程度のものでよいのか」

指圧とあらば、親指の腹である。その代わりになるものを作ればよいのだ。ただし、その形状が源成には思い浮かばない。

「どのようにしたらよいものか？」

源成の頭の中は、そのことで一杯になって、さらに夜が更《ふ》けていく。

真夜中九ツ（午前零時）の鐘が鳴って、日づけが変わったことが知れる。

「もう、こんな刻になるのか」

文机《ふづくえ》に向かい、あれから源成はずっと草紙に絵を描いていた。しかし、理想どおりの絵がどうしても描けない。

「こんなものを作ったとて、揉み手のほうがかえって疲れる。手で揉んだほうが、はるかにましだ」

源成が、草紙に描いているものは、みな揉み合いっこをするためのものであった。いかにして、楽に相手の肩を揉めるかといった発想である。

「ああ、疲れたな。あしたにするか……」

と言って、源成は痛くなった右方の肩を左手で揉んだ。

「あっ、そうか」

そのとき、またも閃くものがあった。

「自分の力で自分の肩を揉めるものを作ればよいのか。そうすれば、いつでもどこでも、相手を頼ることなく自分で肩が揉める。肩だけではないぞ、腰も足も疲れている壺を圧して……壺を圧することができるものか」

今まで描いた図は、みな発条《ばね》を利用した複雑な作りのものばかりであった。

「もっと、単純なものでよいのだな。軽くて、さしたる力も入れずに壺を圧することができるもの」

当初より、源成の頭の中はかなり変化がみられている。まさに発想の転換である。

ここまで閃いたら、あとは形をどうするかである。

「二人で使うものではなく、独りでも按摩療治ができる。それと揉むのではない、痛むところを圧すだけでよいのだ。まったく、孫の手の発想……ん、孫の手だと？」

思ったと同時に、源成の筆をもつ手が動いた。

「たしか、孫の手というのはこんな形をしていたな」

両親の部屋にそれがある。寝ているところを忍び込んでまで、取りに行く気もなく源成は想像で孫の手を描いた。

「だが、これではなあ……」

ただ、痒い背中を搔くだけのものに似せても、発明とはいえぬ。

「もっと、工夫《くふう》がなくてはなあ。それをどうするかが、問題だ」

ぶつぶつと呟きながら、源成はさらに工夫を凝《こ》らす。夜中八ッ（午前二時）の鐘が陰にこもって聞こえてくる。草木も眠る丑三つどきともいわれる時刻に達する。しかし、そんなことに頓着なく、源成の頭は回転をする。

四

夜が白々と明ける、東雲《しののめ》の刻。

源成の体は、文机の上でうつ伏せになっていた。

「あっ、いけない」

晩秋の明け方は冷える。源成は寒さを感じて目を覚《さ》ました。

「はっ、はっくしょん」

と一つ、大きな嚔《くさめ》をする。

「いかん、風邪をひいたかな。ちょっと、寒気がするな」

思うと同時に、ゾクゾクッと悪寒がする。どうやら熱もありそうだ。源成は、急いで蒲団を敷くと、夜着を体に巻いて、その上に蒲団をかけた。まんじりともせずに、ただ悪寒がなくなるのを待つ。やがて体温で温《あたた》められたか、震えは治まる。

明け六ッ（午前六時）になれば、世間はみな目を覚ます。しかし、平賀家の朝は遅い。とりたてて、早起きをする必要がないからだ。

明け六ツから半刻ほど経ち、六ツ半ごろに、ようやく鈴乃は朝食の仕度《したく》に取りかかる。

それから半刻後に、平賀家の朝餉《あさげ》がはじまる。お天道様が、東の中ほどまで昇ったころである。

いつもなら、源成は狭い庭に出て小太刀《こだち》を振るい、体を鍛《きた》えているところである。

幼いときから源成は『小太刀無念《むねん》流』の流儀を会得《えとく》し、今では小太刀の遣い手でもあった。だが、滅多に人前ではその技を披露《ひろう》することはない。

ちなみに流派の名は、小太刀に打たれて無念なりと、相手に言わしめたのが所以といわれている。

えい、やあと聞こえてくるかけ声に合わせて、鈴乃が「ごはんですよ」と声をかけるのが日課であった。

しかし、この朝はそのかけ声が聞こえてこない。

「あら、どうしたのでしょう？」

「そういえば、源成の姿を今朝は見ておらんな」

部屋にでも引きこもっているのかと、鈴乃が源成の部屋の前に立った。

「どうかしたのですか、源成？」

障子越しに声をかけるが、源成の返事はない。

「ちょっと開けますよ」

と言って、鈴乃は障子戸を開けた。その瞬間、鈴乃が目にしたのは、源成が蒲団にくるまっている姿であった。

「おや、どうしたのです？」

鈴乃が訊いても、源成の返事がない。文机の周りには、数十枚の草紙が散らばっている。鈴乃はその一枚を手に取った。

「これは……」

そこには、何やら図案みたいなものが描かれていた。

「一晩中、これを……？」

それでまだ蒲団をかぶって寝ているのかと取った鈴乃は、寝かしといてあげようとそっと立ち上がった。するとそのとき――。

「うーっ」

と、蒲団の中から呻《うめ》き声が聞こえてくる。

「どうしたのです、源成？」

鈴乃が、頭ごとかぶっている蒲団を剝《は》がすと、真っ赤な顔をした源成が丸まって寝ている。鈴乃は咄嗟《とっさ》に、源成の額に手をあてた。

額から伝わる熱は、かなり高い。

これはいけないと立ち上がった鈴乃を、源成は呻く声をまじえながら引き止めた。

「母上……ちょっと待って……」

「何を待つのです。早くお医者さんに診《み》ていただかなくてはいけないでしょ」

「その棚の上に、箱があるでしょう。それを取って……」

はあふうと、荒い息を吐いて鈴乃に願う。

「箱って、これですか？」

「そうです。それを枕元に早く……」

言葉絶え絶えに、源成は母親を動かす。

「ほんとうに、つらそうですね。はい、箱」

源成に言われたとおり、箱を枕元に置く。

「開けてください……」

長い言葉は喋《しゃべ》れない。一言ずつ、区切って源成は親を指図する。

「はい、開けましたよ」

「そこに、茶色の油紙に……」

「これですか？」

「そう、それそれ……」

茶色の油紙に包まれた中身は、黒く乾燥したひじきのようなものであった。

「その、半分ほどを……急須に入れ……」

「お茶を淹《い》れるようにすればいいのですね」

「はい、そのとおりです。それを早く……飲ませてください」

分かりましたと言って、鈴乃は部屋から出ていく。そして、しばらくして戻ってきたときは、手には盆をもち、そこには湯呑が載っていた。

「はい、もってきましたよ」

先ほどより、源成の顔が赤さを増している。

「ふぁー、ありふぁとう……」

言葉もはっきりとしない。だが、朦朧《もうろう》とする意識を奮い立たせて、源成は上半身を起こした。そして盆に載った湯呑を手に取る。

「熱いから、気をつけて」

鈴乃の注意を聞かずに、源成は湯呑の中身を一気に口の中に含んだ。

「熱い」

と言っても、吐き出しはしない。胸ぐらを叩《たた》きながら腹の中に収める。

「あーっ、にがい」

熱くてにがい薬を、源成は我慢《がまん》して飲むと、再び頭ごと蒲団にくるまった。

鈴乃は、散らばっている草紙を一枚拾うと、それを左衛内のもとへともっていった。

「どうだ、源成の具合は？」

「それが、風邪をひいてしまいましたようで、かなり苦しそうでございました」

「医者を呼ばんでいいのか？」

「それが、ひじきのような茶のような、黒い……あれは、薬草なんでしょうかねえ。それを、お茶を飲むようにして」

「飲んだというのだな」

「はい、熱いのにがいのと言いまして……あっ、そうでした。あなた、これをご覧になって」

鈴乃は思い出したように、手にもっている草紙を左衛内に手渡した。

「なんだ、これは？　妙なものが描いてあるな」

「これは、孫の手ではないでしょうかねえ」

「そういわれれば孫の手に見えるが、なんでこんなものを描いてるのだ？」

「あら、裏にも何か描いてありますわ。なんでしょ、これ？」

「なんだか、ものを挟む道具みたいだな。線が引いてあって、その先に発条とか書かれているぞ。ここには、取っ手とも書かれているな。なんなんだ、いったいこれは？」

なんでしょうねと、夫婦の頭が傾く。

「あっ、そうか」

すると、左衛内のほうが図面に気づいたようだ。

「これは、肩揉み合いの道具かもしれんな。取っ手を握って相手の肩をつかみ、もみもみさせるのだ。源成はこんなものを考えていたのか」

「なんですか、おびただしいほどの数が描かれてありましたが」

「一晩中、考えていて熱が出たのであろうな。そうとも知らず、わしらの肩を半刻も揉ませておった。その疲れも出たのであろう」

申しわけなさそうな、左衛内の言葉であった。

「それにしても、この孫の手はなんなんでしょうね？」

鈴乃が片面に描かれている図を見ながら言ったそのときであった。

「それはですね……」

と言いながら、障子戸を開けたのは源成であった。

「おや、源成。熱は下がったのですか？」

驚く顔で、鈴乃が問いかける。

赤みは引いて、源成の顔は元の色白に戻っている。着ているものも、いつもの形《なり》である。

「はい、おかげさまで。あの薬草は解熱に効きまして、たちどころに熱が下がりました」

「そんなに、すごい薬なのか？」

高熱が、瞬時にして下がる。そんな妖術のような薬がこの世にあるのかと、左衛内と鈴乃の頭が傾く。

「この薬は、まだ世の中には出ていません。どのくらい効き目があるのかも知れず、ちょうどよい機会と自分に試してみました。それにしても、こんなに効き目があるとは……」

「なんだ、自分の体で効き目を試したと申すのか。薬というものは、危ないものでもあるのだろう?」

「はい、よくご存じで」

「おまえが、以前にそんなことを言っていただろうが。薬には、副作用というのがあるとかないとか……」

「左様でした。ですが、誰かがそれを試さないとなりません」

源成は、発明の傍ら漢方薬の基となる本草学の研究にも勤《いそ》しんでいる。今でも向《むこう》柳原《やなぎわら》の医学館に通っては、その研究に励《はげ》んでいた。

いつぞやは、女にもてるようにと惚《ほ》れ薬なるものを開発し、よく効いたものの、相手が薬の効き目から覚めたときの反動にはつらいものがあった。そんな理由《わけ》で、惚れ薬は作りかけにして断念をしている。

このたびの解熱薬も、源成が煎《せん》じて作ったものである。効き目がここまであるかと、源成自身が驚いているくらいであった。

「おまえの効き目を見ると、その薬はかなりのものみたいだな」

――こういうものなら、財を成せる。

心の内に思いを馳《は》せて、父親の左衛内は口にする。

「はい、自分でも驚いたくらいです」

「どうだ、源成。それがまともであるならば、薬問屋に卸《おろ》してはどうだ？」

「はい、わたしもそれを考えていたところです」

同じ考えでも、左衛内と源成の心根に違うところがある。左衛内はそれで財を成そうと考え、源成は世のため人のためを思ってのことにある。

「ようやく、源成と意見の一致をみたな。これで、平賀家も潤うことに……」

「いえ、父上……」

これは世のため、と言おうとしたところで、源成は言葉を止めた。老いていく両親に楽をさせるには、やはり財も必要だと源成も思う。傘貼りをせずに暮らせれば、それに越したことはない。さすれば、肩こりからも解放されよう。親孝行のためにも、
源成はこの薬を売りに出そうと気持ちを決めた。

「左様でございますね、父上。小石川《こいしかわ》の養生所で試してもらい、そこでお墨付《すみつ》きをもらえれば、薬問屋に卸すことができます」

「そうか、そうしてくれるか」

左衛内が、手を叩いて喜ぶ。しかし、その喜びは束《つか》の間《ま》であった。

「うっ」

顔をしかめて、源成の面相が蒼白《そうはく》となった。

「いかがした、源成？」

「腹が……」

源成は、腹を押さえて厠《かわや》へと駆け込む。

しばらくして、青白い顔をして戻ってきた。

「母上、腹に効くとんぷくはございますか？」

「もう、用意してあります。早く、お飲みなさい」

解熱薬の副作用は、酷い下痢《げり》となって出た。

「ここを改良しませんと、売りには出せません」

口ににがいとんぷくを飲みながら、顔をしかめて源成は言った。それ以上に、にがりきった顔をしているのは左衛内である。

「残念だのう」

苦虫を嚙《か》み潰《つぶ》したような、顔面に苦渋《くじゅう》の皺を作り左衛内がポツリと言った。

五

かくして、左衛内の財を成す夢は潰《つい》えた。

「ならば源成。早いところ、これなるものを作れ」

と言って左衛内が、源成の前に差し出したのは、例の図面であった。市販の腹薬であるとんぷくの効き目か、源成の腹は治まりをみせている。

「それでございますか。一晩考えましたが、よい案が浮かばず……」

「案が出ないで、熱が出たと申すか」

「うまいことをおっしゃいますね、父上」

源成は顔に笑いを湛《たた》えると同時に、その笑顔がにわかに歪《ゆが》んだ。とんぷくの効き目より、解熱薬の副作用のほうが勝《まさ》っているようだ。源成は立ち上がると、再び厠へと急ぐ。

そんなことを繰り返すうち半刻もして、ようやく源成の腹の痛みが治まってきた。そうなると、頭の中は肩こり解消道具のことに集中できる。

自分の部屋に戻った源成は、文机の前に座ると再び案の捻出《ねんしゅつ》に没頭した。解熱薬で財を成すことが潰えた今、両親を楽にするにはこれしかない。早く作り出そうと、源成の気は逸った。しかし、焦《あせ》ったところでどうにもならぬ。かえって、焦りは良案を追いやることになる。

「ここは落ち着きが肝要……」

体も元に戻ったことだしと、源成は外を歩いてこようと散歩に出かけることにした。

朝も、五ツ半（午前九時）を過ぎればお天道様も高くなり人々は動き出す。落ち葉を踏みしめ、神田川《かんだがわ》の堤を歩く。人の喧騒《けんそう》の中に身をおきたいと、源成は東に足を向けた。

源成が、昌平《しょうへい》橋手前の湯島横町まで来たときであった。人だかりを目にして、源成は歩みを止めた。

「何かあったのか？　そうか、もしかしたら昨夜の呼子とかかわりが……」

独りごちると、源成の足は人だかりに向いた。

「何かあったのでしょうか？」

顔見知りの爺さんを見つけ、源成が尋《たず》ねる。

「ああ、げんなり先生か。なんだか、押し込みがあったんだってよ」

襲われた店は、出羽《でわ》屋という米問屋であった。

六尺（百八十センチ）の寄棒をもった捕り方役人が周りを取り囲み、店の中の様子はうかがえない。十手をもった定町廻《じょうまちまわ》り同心と、岡っ引きと思える男の姿が見えるだけだ。

ものものしい警戒に、相当な被害が予想される。

「被害はどんなものなんでしょうねえ？　まさか、家の人が殺されたとか……」

「いや、店の連中の身に危害はなかったらしい。だが、五百両ほど盗まれたってことらしい」

人に害がなかったことは、不幸中の幸いと思ったが、金というものはあるところにはあるものだと、そのとき源成はしみじみと感じた。

「きのうの夜、呼子が鳴ったのが聞こえたかい、げんなり先生」

「ええ、聞こえました。何があったのだろうと思いましたが、このことでしたか」

「下っ引きが、賊が逃げるところを見て吹いたらしいんだが、捕まえることはできなかったみたいだな。まったく、だらしねえもんだ」

賊を捕まえられなかった町方への憤りが、爺さんの口をついて出る。

そんな話をしているところに、町方同心が店の中から出てきた。どこかで見たことのある顔だと、源成はそのとき思った。

「……そうか、あのときの同心。たしか、南波鹿月《なんばかげつ》とかいっていたな」

二月ほど前にあった、酒問屋白鶴屋の乗っ取り事件に絡んでいた、北町奉行所の定町廻り同心であった。

その南波鹿月が、岡っ引きと何やら話をしている。

何を話しているのかと、源成はそっと体を寄せると、耳を傾けた。

「こいつは霞蜘蛛《かすみぐも》の次郎左《じろうざ》たちの仕業《しわざ》かも知れねえな」

「霞蜘蛛の次郎左ってのは、義賊の手下であった……？」

「ああ、そうだ。だが、こいつは気性が荒いってことだ。人殺しもやりかねねえと、奉行所には触れも入っている。そいつらに襲われて、命が助かったってのが不思議なくれえだ」

「先代の頭目は、けっして他人《ひと》を殺《あや》めなかったっていいますが……」

「先代の頭目ってのは、表には絶対に出ねえ奴でな、捕まったこともなく誰だか知れねえ。一年半年ほど前に、ある寺の本尊である高さ五寸（十五センチ）ほどの観音像と小判千両が盗まれてな、下手人はその頭目が率《ひき》いた手下とされているんだが、未だに捕まっちゃいねえ。その後はそいつらの押し込みはピタリとやんだ。それからは霞蜘蛛の次郎左ってのが、一党を率いているってことだ。そいつらがこのところ、また動き出してきやがったみてえだ」

「そいつはたいへんですね」

「ああ、早《はえ》ところ捕まえんとな……」

南波と岡っ引きの会話であった。源成の耳に届いた話は、ここまでであった。

「おい、おおよそ調べはすんだ。引き上げるぞ」

捕り方役人たちが集まり、引き上げていくまでを、源成は立ち尽くして見やっていた。

店の中では、出羽屋の主ががっくりと肩を落として座っているのが見えた。

今の源成ではどうしてやることもできない。ただ、賊が捕まるのを祈るだけであった。

出羽屋の災難を気の毒にと思いつつも、源成は歩き出す。

「……うちの親は、金はないけどああいう目には遭《あ》わないですむ。だけど、肩こりはつらそうだ」

歩いているうちに、源成は両親の肩こりのほうに気持ちを切り替えた。

「さて、どんなものを作るかだ。いや、待てよ……」

両親の肩こりを解消させるには、何も道具に頼ることはない。自分にも要因があると、ふと源成の脳裏をよぎった。

早く嫁さんをもらって、安心させることが一番の良薬である。

——どこかにいい娘《こ》がいないかな。

と、思いながら、すれ違う娘に目がいく源成であった。

「いや、そんなことを考えている場合ではなかった」

パンパンと自分の面を手で叩き、源成は自分で自分をたしなめた。

「それよりも、肩揉みの道具だ。どこかに、手がかりとなる種が落ちていないか」

按摩療治の道具を早々に作らねばならない。その手がかりを探すために、源成は町に出てきたのである。

柳原の堤から、神田川が見下ろせる。すると、独り川縁に腰を下ろした釣り人の姿があった。

「あんなところで、魚釣りをやってら。釣れるのかねえ……」

川舟が頻繁《ひんぱん》に往来する川である。川幅もさほど広くなく、船頭の漕《こ》ぐ櫓《ろ》の波に邪魔をされ魚釣りには適さないだろうにと、源成は思う。

それでも晩秋の昼下がり、小春日和《びより》の暖かい日である。のべ竿《ざお》の先を川面《かわも》に向けて、のんびりと魚信《あたり》を待つ姿は、傍《はた》から見ていてもなんとものどかである。

「……ちょっと頭を休ませようか」

このところ考えてばかりいる。熱が出たのも、知恵熱かもしれないと源成は思っている。

しばらくはのんびり魚釣りでも眺めていようと、源成は堤を下りた。釣り人に邪魔にならぬよう、釣り糸が届かぬほどのところに腰をかける。

白波も立たない穏やかな川面である。波が来るとすれば、前を通る川舟の往来によるものであった。

源成のところからも、浮かしはよく見える。川面に浮き出た浮かしの棒は、赤や黄色の縞《しま》模様に塗られて、水面でもよく目立つ。

「釣れますか?」

釣り人の近くに寄ると、たいていの人はこんな言葉を投げかける。源成も、例に違《たが》わず同じ言葉を投げた。

「いや、釣れませんなあ」

傍らに置いてある魚籠《びく》を見ると、釣れている気配はない。

「このあたりでは、何が釣れるのでしょうかねえ?」

源成が釣り人の背中に問いかける。

「さあ、何が釣れるのか。まだ、何も釣れてないので分かりません」

道理ではあるがなんとも屁理屈《へりくつ》な返事だと、源成が思ったそのとき。

ピクピクッと、浮かしの先端が上下に動いた。

――あっ、魚信《あたり》だ。

源成は、思わず声を出すところであった。だが、それは釣り人の当人が一番よく知っている。ここで釣り竿を合わせれば、釣り針に何がしかの魚がかかってくるだろうと源成は期待に胸を弾《はず》ませた。他人《ひと》の釣りなのに、なぜか興奮するものだ。

しかし、魚信があるにもかかわらず、釣り人は一向に竿を上げない。

見ているほうは、じれったくなる。

――早く、竿を上げてくれ。

と、声を出して命じたくもなる。そんな間にも、浮かしはツンツンと動いている。

「魚信が出てますよ」

いたたまれずに、源成は釣り人の背中に声をかけた。

「分かっているよ、言われなくたって……」

「だったら、早く竿を上げてくださいな」

とうとう嘆願まで口にする。

「うるさいですから、ちょっと黙っててくれませんか」

と、釣り人が言ったところであった。一際大きな魚信があった。浮かしの先がツッと鋭い音を立てたように、水面に隠れた。

「よし、これだ」

それを待っていたかのように、ビシッと水面を一つ竿の先端で叩き、魚信に合わせた。

「これは、でかいぞ」

ググッと竿の先端が、水面に引き込まれる。慌てて竿を上げると、糸が切れてしまう。細心の注意を払い、釣り人は竿を引き寄せる。

その様を、源成は固唾《かたず》を呑んで見やっている。

竿の先が、円弧を描いている。その先端から釣り糸がピンと張っている。川面は、魚が暴れているためか、さざ波が立つ。だが、そのとき源成の目は釣り竿の先端を見つめていた。

「あっ、この形だ」

釣り人が、竿をもって引き寄せるも、源成の足は土手を登ろうとしていた。

「どうも、お邪魔しました」

「釣れた魚を見ていかなくて、いいのかい?」

魚と格闘しながら、釣り人は源成の背中に声をかけた。

「はい。それはもう、どうでもいいです」

すでに、源成の頭の中は別の方に向いている。釣れた魚への興は、すでに失せていた。

源成が、土手を二、三歩上ったときであった。

「あっ、いけねえ」

釣り人の絶叫が源成の耳に届いた。

「ああ、逃がしちまった」

どうやら、かかった魚を逃してしまったようだ。気の毒に思いながら、振り向くこともなく源成は土手を上っていく。

「おかしな奴だな」

と言って、釣り人が振り向いて堤に上がった源成に目を向けた。

「あっ、あいつは……源成？」

魚釣りをしていたのは、仕事もなくて暇をもてあます万太郎《まんたろう》という名の男であった。瘦《や》せぎすで狐《きつね》顔のこの万太郎は、源成にいささか遺恨をもっている。偶然にも、今までうしろにいて話しかけていたのが源成と知って、万太郎の目が吊りあがった。

「源成のやつ、何か言ってたな。この形だとか、なんとか……」

何かを思いついたかと、万太郎は握っていた竿を放り出し、土手を上ってみたが、すでに源成の姿はなかった。

六

釣り人が万太郎とも知らず、源成は歩きながら独りごちた。

「あの釣り人のおかげで、肩揉み道具の形が思い浮かんだ」

棒の先を円弧形に丸め、その先端を肩こりの壺に圧しつける指の代わりにさせればよい。取っ手を手にもち、グイグイと引っ張れば独りでも肩が揉めるといった寸法である。

「先端をどうするかだな……」

単に棒の先を丸めただけなら芸というものがない。孫の手とは違うのだ。肩揉み療治の道具に相応《ふさわ》しい、工夫が必要だと源成は考える。

「ここをうまくすれば、独り肩揉み棒の完成だな」

だが、先端の工夫に源成はさらなる苦慮を重ねることになる。

家に戻った源成は、足を濯《すす》ぐことなくすぐに文机の前に座った。そして、思い描いていた図を草紙に描いた。

釣り竿がしなった、円弧の形をまずは描く。その円弧の内部に、人の肩を描き入れる。

「おおよそ、こんなものだな。ここをもって、グイグイと引っ張る」

引っ張る個所に、取っ手と書き入れた。

理屈は分かる。だが、源成の図はそれから先が進まなかった。まずは、素材を何にするかと悩む。竹か木材か、それとも金鉄みたいなものにするか。

「……あまり、重いのもなんだな」

素材はなるべく軽くなくては駄目だ。そうでないと、もつ手のほうが疲れてしまう。それでは本末転倒である。

「まずは、金鉄は却下」

と、源成は金鉄の文字に×を入れた。

「竹はどうだろ？」

あまり太くはできぬ。細い竹では、弾力がありすぎ圧す力が食われてしまう。なんだか考えながら、素材は無垢《むく》の棒と書き入れる。

「差し渡しは七分（二センチ）くらいか」

箒《ほうき》の柄をもち、寸法尺でその太さを測った。

「焼きを入れながら、円弧に曲げる」

いちいち声に出しながら、源成は図面を描いていく。

「円弧の曲がり具合は、試作をしてみないと分からんな。これは、竹の棒で試してみるか」

炙《あぶ》りながら曲げやすい竹で、まずは寸法を取ることにする。

「なんとなく、できそうだな。だが、問題は……」

先端の部分をどうするかである。ここが一番肝心なところであった。その先端が体の壺を圧し、独り肩揉み棒の真髄《しんずい》ともいえる。

「ただ、丸くしただけではなあ」

一本の棒の先が、単に丸くなっているだけではどうも発明品としては弱いと思っている。

「ここを、どう工夫するかだ。そうか、丸い玉を嵌《は》め込み、クルクルと転がるようにしたらどうか」

ただ圧すだけではなく、先端が転がるように玉状にすればことさら気持ちがよさそうだ。

「親指ほどの大きさの玉か……」

と言いながら、棒の先端に玉を描き入れる。

「玉の大きさは……そうだ、子どものころに作った、玉落穴入抽選器の玉と同じほどの大きさぐらいでいいだろう。あまり玉を大きくすると、体の壺にうまく収まらないからな」

玉の差し渡しに、玉落穴入抽選器くらいの丸玉《がんだま》と書き入れる。

軟鉄を熔《と》かし、丸玉を作るのはさほど難しくはなさそうだ。難問は、その棒の先端にある。

「さて、これからが問題だ。この玉を、どうやって棒の先に収めるか……」

玉の半分ほどを棒の先端に露出させ、そして力を込めて壺を圧しても内に引っ込まないようにする。しかも、クルクルと回るようにせねばならない。

「ここがうまくできれば、充分に発明品と言えるであろう」

だが、どうやってと、源成は頭を抱えた。

ここまでを考えるのに、源成は一刻半ほどを費やした。

「形が思い浮かべば、このぐらいの図はすぐに描ける。だが、この先が容易《ようい》ではない」

筆を置き、腕を組んだところで障子越しに鈴乃の声が聞こえてきた。

「源成、夕餉の仕度ができましたよ」

呼びに来るということは、すでに夕七ッ半にもなろうか。お天道様は、西に大きく傾き、外は薄暗さを増してくるころとなっていた。

「もう、そんな刻になるのか。きょうのところは、このぐらいにしておこう」

とは言っても、源成の頭の中は先端の丸玉の収め方で一杯であった。

すでに左衛内が、手酌でちびちびとやっている。

「源成がぐいぐいと呑むものだから、四斗樽の減りが早くていかん」

そんな左衛内の言葉が、障子の外にいる源成の耳に入った。

「……これからは湯呑茶碗でなく、猪口で呑むとするか」

もう少し遠慮しながら呑もうと呟き、源成は静かに障子戸を開けた。

「おお、源成か。どうした、腹の具合は?」

源成の顔を見るなり、左衛内が問うた。

「はい、おかげさまですっかりとよく。それにしても、とんぷくは効きますね」

「おまえの解熱薬もよく効くではないか」

「しかし、副作用がありますから」

「それがなければのう、一儲けできたのに」

と、残念そうな声を漏らして左衛内はぐいと一息に、猪口に注がれた酒を呷《あお》った。

左衛内の言葉に、源成は今朝方のことを思い出した。

「ところで、父上……」

手酌で徳利から酒を注ぐ左衛内に、源成はいきなり声をかけた。

「なんだ源成？　いきなり話しかけられては、酒がこぼれるではないか」

「申しわけありませぬ」

源成の膳にも、二合の徳利が立っている。謝りながらも、源成は手酌で猪口に酒を注いだ。

「昨晩、米問屋の出羽屋さんに押し込みが入ったのを知ってますか」

「ああ、もちろん知ってるとも。五百両ばかり盗られたっていうが、命があったのがものだねだな」

「ですから父上。一儲《もう》けして財ができれば、そんな心配もせねばなりません」

「だけど、あるに越したことはないだろう」

「お金があってもなくてもよろしいですから、早くわたくしに楽をさせてくださいな」

出羽屋の押し込み論議に、口を挟んだのは鈴乃であった。

この日も鈴乃の手には、目刺しが載った皿がもたれている。

「そうだ、おみおつけをもってこなくては」

目刺しを膳の上におき、鈴乃はまたも勝手へと引き返す。

鈴乃が話の中に入ったのを機に、源成が話を切り替える。

「そうでした。父上にちょっと、お訊きしたいことがありまして……」

「訊きたいことだと？　おまえがわしを頼るとは、前代未聞《みもん》であるな。生まれてこのかた、今までに一度もなかったことだ」

しかし、左衛内の顔にはまんざらでもなさそうな、笑みが浮かんでいた。子どもに頼られるほど、親として嬉《うれ》しいものはない。とくに左衛内としては、幼いころから大人じみていた神童源成に、親としての寂《さび》しさに飢《う》えていた。普通の子どもなら、飴《あめ》が欲しいだの、団子が食いたいだの、親を困らせるような駄々をこねるものだが、源成には、一切それがなかった。左衛内はそれを、ないものねだりと取っていた。

──源成の唯一の欠点は、嫁の来てがないということだな。そんなのは、人としての欠点とはいえぬ。それほど、源成は親の手がかからぬ子どもであった。

それが今、左衛内に意見を訊こうとしている。

「それで、何を知りたいというのだ？」

「父上は覚えているでしょうか？　わたしがまだ幼かったころ、玉落穴入抽選器なるものが出回り……」

「おう、そんなのがあったのう。あれは、端はおまえが考案したものだ。一文銭を上から落とし、穴に入ったら当たりとかって。しかし、わしが仕《つか》えていた殿が案を横取りし、一文銭を丸玉に変えて売りに出した。たいそう流行《はや》ったものの、それが因《もと》となってお家は断絶した。おかげでそれからというもの、傘貼り浪人暮らしよ」

まだ源成が五、六歳のときであった。遠い昔を思い出すように、しみじみと左衛内が語る。

「ご苦労をおかけして、申しわけございません」

父左衛内が、浪人になった要因は自分にあると取った源成は、素直に詫《わ》びを言った。

「いや、別に謝ることでもない……それで、玉落穴入抽選器がどうした？」

源成の訊きたいことというのを、まだ聞いていない。どうも齢のせいか、気持ちが脇道に逸れると、左衛内は自分を卑屈《ひくつ》に取った。

「あのとき、板に釘を打っていただいた、大工さんのことを覚えてますか？」

「ああ、初めて源成を日本橋《にほんばし》に連れていった帰りであったな。きのうのことのように覚えているさ。それで、その大工がどうした？」

「その大工さんはどちらに？」

「そうか、源成はその大工のところに行きたいのか？」

「はい。幼いころでしたので、どちらにあったかまでは忘れました」

「さもあろうな。そこまで覚えていたとしたら、まさに化《ば》けものだぞ」

十八年も前の話である。左衛内自身も、場所はうろ覚えであった。

「それで、その大工のところに何用で行くのだ？」

そんな昔に一、二度しか行ったことのない大工のところを訪ねたいという源成の目的が、親としては知りたいところであった。そんな思いで、左衛内は問うた。

「これをご覧になっていただけますか」

酒を呑む手を休め、源成は懐にしまっておいた草紙を取り出した。それを広げて、左衛内の前に差し出す。

「なんだ、これは？」

『？』

このような形で図が描いてある。下方は取っ手と書かれ、本体は差し渡し七分の丸棒と記され、先端は鉄製丸玉埋め込みとしてある。一目見ただけでは、何なのか想像もできぬほどのへんてこな形のものであった。

源成は、答えを出すこともなく、にやにやと笑っている。

「あれ、お酒が進んでないようで……」

そこに、おみおつけの入った鍋をもって、鈴乃が部屋へと入ってきた。

「おい、鈴乃。これがなんだかおまえには分かるか？」

鍋を敷き台の上に置き、左衛内から草紙を受け取る。

「はて、なんでございましょう……あら、もしや？」

「おまえには、なんだか分かるのか？」

「これってもしや、肩を揉む道具……なのですか？」

鈴乃は、一目見て言い当てた。

「左様でございます。取っ手をもち、先端の丸玉の部分を肩や背中の、こって痛いところをゴリゴリと圧して……」

「聞いているだけで、気持ちがよくなるな」

「左様でございましょう。先端の丸玉が転がるところがみそでして。独りでも手の届かないところを揉めるという代物《しろもの》であります」

「なるほどのう。こういうものがあったら、毎晩揉み合いっこをして疲れずに済むのにな。のう、鈴乃」

「まったくでござります」

早く作り出せと、言わんばかりの両親の口調であった。

「ですが……」

「ですが、なんだ?」

「これから先が、たいへんなのです。とくに、この丸玉の部分をどういたそうかと……」

発明品を図で描くだけならば、さほど難しくはない。それを、いかにして形にするかが問題であった。

「そうか。それで、先ほどいった大工に……」

「はい、知恵を借りようかと思いまして」

「なるほどのう。たしか、棟梁《とうりょう》の名は長次郎《ちょうじろう》とか申したな。齢はわしと同じほどで、存命ならば六十に近いであろうの。はたして、まだ親方でいるかどうか」

「明日にでも、おうかがいしようかと思ってます」

「ところは神田竪大工町《たてだいくちょう》……細かい道筋までは思い出せんな」

左衛内とて、二度ほどしか行っていない場所である。細かい道筋までは、到底思い出せるものではない。しかも、大工の屋号はまったくといっていいほど失念している。

「行けば分かりますか？」

「多分のう……」

考えながら返すもの言いは、自信がなさそうである。

ここで考えていても仕方ない。とりあえず、明日になったら一緒に行ってみようということになった。

七

左衛内にとっては、久しぶりの外出であった。

「この齢になると、外に出るのも億劫《おっくう》になってな」

晩秋とはいえ、この日も小春日和《びより》の暖かい陽気であった。色づく木々の葉っぱを愛でながら、左衛内と源成の親子は神田竪大工町を目指した。

「たしか、このあたりだったな」

町の名のとおり、大工が多く住む界隈《かいわい》である。その隣町には、横大工町というのがある。伝馬《てんま》町の牢屋敷普請には、この二町を含む大工四町から職人が駆り出されることになっていた。

大工の作業場も、界隈には多くある。左衛内はその一軒に立ち寄ると、柱を鉋《かんな》がけする職人に声をかけた。

「お仕事中お邪魔します」

「なんでえ？」

鉋の手を止め、若い職人が左衛内に向いた。

「このあたりに、棟梁の名が長次郎さんという……」

老いてはいるが、丁寧な武士の物腰に、若い職人は頭に巻く手拭《てぬぐ》いを取って応じる。

「長次郎親方ですかい。だったら……」

若い職人は、長次郎のことを知っていた。

「まだ、ご存命で？」

「存命どころか、ピンピンしてますぜ。今朝方も、若い職人を怒鳴《どな》りつけてましたからね。隣近所にも、よく聞こえまさあ。そうだ、親方のところはそこの角を右に曲がって、二軒目のところですぜ」

「手を止めさせて、申しわけなんだ」

左衛内は、丁寧に頭を下げて外へと出た。

「源成、長次郎親方のところが分かったぞ。親方はまだ矍鑠《かくしゃく》としているそうだ」

「それは、よかったですね」

それから間もなく、左衛内と源成は見覚えのある戸口の前に立った。表障子には、丸に長の字の標《しるし》の上に、大工と書かれている。

障子戸の向こうから、小気味よく金釘を叩く音が聞こえてくる。十八年前も同じ音を聞いたと、源成は思った。

障子戸を開けて、源成が中に声をかける。

「ごめんください……」

「なんでえ？」

仕事を邪魔された職人の返事は、不機嫌《ふきげん》そうであった。十八年前にはいなかった職人である。さもあろう、源成よりも五歳ほど年上の若者であった。

「長次郎親方はおいでになられますでしょうか？」

源成も、左衛内と同様丁寧な言葉である。源成の脇に立つ左衛内の腰には、小刀が一本差してある。そこに目がいった職人は、やはり頭に巻いてある捻《ねじ》り鉢巻《はちまき》を取った。

「おりますんで、今呼んでめえりやす。ところで、どちらさんでございやしょう？」

「平賀源成と父の左衛内と申しますが、覚えておられますかどうか……」

と言っている矢先に、奥から男の声が聞こえてきた。

「おい幸太《こうた》。それが終わったら……」

そして作業場に顔を出すなり、二人の客がいるのを見て言葉が止まった。

「ちょうどよかった、親方。こちらのお方が……」

幸太という名の職人が言うまでもなく、老いた親方は左衛内と源成の顔を交互に見やっている。

「おや……もしかしたら、あのときの？」

「はい。板に釘をたくさん打ちました……」

「おお、あんときの坊《ぼっ》ちゃん。ずいぶんと大きくなって……」

懐《なつ》かしいものでも見るように、長次郎は目を細めて源成を見やった。

「いや、お懐かしゅうございやす」

長次郎は、左衛内に向けて大きく頭を下げた。たった二度しか話したことのない相手であったが、互いはすぐに顔を思い出した。

「お互い、皺と白髪《しらが》が増えましたなあ」

左衛内が、感慨深げに言う。

「そうだ、こんなところではなんだ。何か話があってきたのでございやしょう。どうぞお上がりになって、あっしの部屋で話を聞きましょうや。幸太はあの柱の蟻継《ありつぎ》を削《けず》っとけ。寸法が出てんだろ」

「へい。男木《おぎ》のほうでやすね」

そうだと言って、長次郎の顔は職人から、二人に向いた。

長次郎の部屋で、左衛内と源成は並んで長次郎と向かい合う。

ひと通りの挨拶《あいさつ》を済ませ、源成は用件に入った。

「これをご覧いただけますでしょうか」

草紙に描かれた図を、長次郎の膝元に開いて置いた。

「なんですかい、これは？」

「独りでいても、肩とか背中とか腰とかの揉み療治ができるものです。いや、揉みというより指圧でしょうか」

源成が、図に描かれたものの仕様を説いた。左衛内は、傍らで口を閉じたまま聞いている。

「この取っ手をもち、先っぽの丸玉をこった個所にあてゴリゴリと……」

「ええ、あっしも肩こりですからようく分かりますぜ。自分独りで肩揉みができるなんて、そいつはすげえや。それで、なんであっしのところにこれを？」

「こちらで、作ってもらえませんかと……」

「うちは、大工ですぜ。家などは建てやすが、こんな細けえものまでは。どちらかといえば、こういったものは指物師《さしものし》の仕事じゃねえですかい」

「そうかとは思いましたが、ふと幼いころのことを思い出して、こちらに来てしまいました」

「昔のことを思い出しただけで、あっしのところを頼ったのですかい」

「倅《せがれ》が、親方のところで作ってもらいたいと言い出しまして。何せ、幼いころでしたからところも分からずと申しますので、身共が連れてきた次第《しだい》ですな」

「さいでしたかい。ですが、今申しやしたとおり、うちでは……」

と言ったきり、長次郎の口は止まった。そして、図面に目を落として見やっている。

「ちょっと待ってくだせえよ」

しばらく図面を見やりながら、考えている長次郎の口から声が漏れた。

「図は簡単でありやすが、作るとなるとずいぶんと難しいもんでやすねえ。とくに、先端の丸玉の部分が」

「そこをうまくできれば、この世にないものが作れると思います」

長次郎の言葉に源成が返す。

「それにしましても、坊ちゃんは……」

「今では、世間ではげんなり先生などと呼ばれてましてな」

左衛内が、自慢げに口を挟んだ。

「げんなり先生は、たいしたものを思いつくもんですな」

腕を組み、感心しきりといった、長次郎の口調であった。

「これは、必要というものが成せるものでして……」

必要は発明の母なる言葉を、源成は説いた。

「左様ですかい。それはともかく、これは宮大工のような細かい技がいるようですな。そこでふと考えたんでやすが、これを手先の器用なうちの若い衆《し》に作らせようかと」

「それでは、お願いできますので？　ですが、あまりお金をかけることができませんで……」

源成は申しわけなさそうに、肩を落として言った。

「いや。それは心配《しんぺぇ》することありやせんや。こっちも若い衆の、手先の修練にもなりやすからな。大工というのは、でかいものばかり削ってやすから、だんだんと仕事が粗くなってくる。たまにゃあこんな細けえもんでも作らせやせんと」

「そう言っていただけると助かります」

左衛内と源成が、そろって頭を下げた。

「だったらさっそく……そうだ、さっき作業場にいたでやしょう、若いのが。幸太ってんですが、若い衆の中でも手先が一番器用でして、ですから中仕事をさせてるんでさあ」

源成は、今ごろは柱の蟻継の男木を削っているだろう、幸太の顔を思い出していた。

「お忙しいのでは？」

「四半刻ぐれえなら、手を空《あ》かしてもかまいませんや。ですが、今は仕事を途中でやめられやせんで、それが終わったら奴に話を聞かせやしょう。しばらく待っていただけやせんか」

「ええ、いつまでもお待ちします」

答えたのは左衛内のほうであった。

しばらくして、一段落した幸太が長次郎の部屋へと顔を出した。

「お待たせいたしやした」

捻り鉢巻を取って、長次郎の斜め後ろで正座をする。

「ちょっと前に出ろい」

親方から言われ、幸太は二《ふた》膝乗り出す。

「これを見ろい」

幸太の膝元に、源成が描いた図を置く。

「なんですかい、これは？」

ひと通りの説明は、源成の口からなされた。

「へえ、独り肩揉み棒ってやつですかい。難しいもんでやすねえ」

「難しいから、おめえに作らせようとしてるんじゃねえか」

「へえ……」

図面を見つめたままで、幸太は答える。

「……やっぱり難しいのは先っぽだな」

「そこに、工夫がいるものかと」

幸太の呟きに、源成が応じた。

「本体になんの木を使おうか……」

すでに、幸太の頭の中はやる気のほうに進んでいるようだ。

「硬すぎても駄目で、柔らかすぎるのも具合が悪い」

源成が、材質の注文を口にする。

「端は、焼きを入れて曲がりやすいもので型を取りやしょう。まずは、その形で寸法を測り……」

源成が口に出すまでもなく、幸太のほうから話が進む。細かいところの打ち合わせとなった。

とりあえずは、型どりをして雛形《ひながた》を作る。先っぽの丸玉の部分は、その間に考えようということになった。

「なにぶん片手間でやるもんですから、ちょっとばかり暇をいただきてえ」

これは長次郎の注文であった。

「それは、無論でございます」

金をかけないで作ってくれとの頼みだから、無理なことは言えない。それでも、十日内には、型を作ると幸太は言った。

十日後に源成が訪れることを約束して、この日の打ち合わせは終わった。

「くれぐれも、このことは……」

内緒にしてくれと、左衛内は言う。

「当たり前でやしょう。それよりも、そちら様の口のほうが……」

十八年前の、玉落穴入抽選器のことを思い出して、長次郎は言った。元はといえば、ここの作業場の金釘を打つ音を聞いて、源成が閃いたものである。その雛形を最初に作ったのは、長次郎のところの職人であった。

# 第二章　発案品二つ

一

そして早くも十日が経った。

その日は木枯《こが》らしが吹こうかという、寒い日であった。源成はこの日を、一日千秋の思いで待ち焦《こ》がれていた。

「さあ、どんなものができてるだろう」

職人の朝は忙しい。なるべくなら、昼八ッ（午後二時）ごろが手が空いていいと聞いている。源成は、待ち遠しくもその刻になるのを待った。

源成の頭の中では、先っぽの部分がすでに図として描かれている。それは、早くも図面となって写し出されていた。

「幸太さんが、これを納得してくれるかどうかだな」

すでに正午を報《しら》せる鐘が鳴って久しい。そろそろ行くかと、源成は図面を懐の中にしまった。

「父上、それでは行ってまいります」

いつまでも父親が一緒についていくのは情けない。この日は、源成独りで行くことにしている。

「ああ、親方にはよろしく言っておいてくれ」

かしこまりましたと言って、源成の足は神田竪大工町へと向かった。

大工丸長《まるちょう》の戸口に立つと、中から鑿《のみ》を叩く音が聞こえてきた。源成は、腰高障子に描かれている大工丸長の屋号を見て、一つ大きく息を吸った。そして、おもむろに障子戸を開ける。

「ごめんくださぃ……」

障子戸を開けると、ぷーんと木の香りがする。なんとも心地よい香りと、源成は鼻腔《びこう》を膨《ふく》らませた。

「おう、げんなり先生。待っていやしたぜ」

作業場にいたのは親方の長次郎と、職人幸太の二人だけであった。

「ほかの職人たちは、みんな現場に出払っちまっているからな」

あたりを見回す源成に、長次郎が言った。

「左様ですか」

「そしたら幸太。そいつが終わったら、できたものを見せてやりな」

「へい……」

鑿で蟻ほぞを切りながら、幸太は答えた。返事はするものの、顔は木材に向いている。

「もうすぐ終わりやすから、ちょっと待っててくだせい」

「どうぞ、ごゆっくり」

職人の作業に向けて、ごゆっくりとはないかと思ったが、適当な言葉が見つからず源成は口にする。

「そうもゆっくり、やってられねえんで」

案の定、親方の口から言葉が返った。

「お忙しいところ、どうもすみません」

仕事の邪魔をしているようで、そんな負《お》い目から源成は詫《わ》びを言う。

「いや、そんなつもりで言ったんじゃねえですよ。早いところやっちゃあねえと、職人たちが帰《けえ》ってきやすから。こんな風の強い日は、仕事も早上がりになることがありやすからね」

「なるほど、そういうことでしたか」

できれば、ほかの職人に見せたくないとの配慮で長次郎は言ったのであった。

そんな間にも、鑿のひと叩きがあって、蟻ほぞが切られたようだ。

「さてと親方、終わりやしたぜ」

「そうかい、どれ……」

長次郎は、幸太の仕事の出来具合をたしかめに腰を浮かした。

「いい女木《めぎ》の出来具合だ。幸太のほぞ作りに、敵《かな》う者はいねえな」

幸太の手先の器用さをほのめかす、長次郎の口ぶりであった。

「そしたら幸太。さっそくできたものを見せてやりな」

「へい、分かりやした」

幸太は、自分の道具入れの蓋《ふた》を開けると、一本の円弧に曲がった棒を取り出した。

「ほう……」

一目、形は源成が思い描いていたものと同じである。

「こんな形のものですね」

棒を手渡された源成は、取っ手をもって先端を肩にあてた。

「曲がりの具合はちょうどいいようです」

「ええ、親方の肩で寸法を取りやしたから」

太さ七分の丸棒の内側に、焦げ目が入っている。濃く焦げたところや、薄く焼かれた跡が、曲がりの具合を調節する苦労を物語っていた。

「もちやすいよう取っ手のほうは、籐《とう》を巻いて太くすればいいでしょう」

「そうですね。取っ手も力が入りやすいよう、太さにも加減がいると思われます」

幸太と源成の話は、とんとん拍子に進む。そんな二人のやり取りを、長次郎は口を挟むことなく目を細めて見やっている。

「寸法は、おおよそこんなところでよろしいですが、あとは先っぽの問題ですね。それで、こんな図を描いてきたのですが」

源成は、自分が思い描いた図を差し出した。

「おっと、これは……」

驚いた幸太は、図面に釘づけとなった。

「どれ、見せてみろい」

長次郎が立ち上がり、幸太のもつ図面に顔を寄せた。

「ほう、やっぱりげんなり先生だ。ここまでは誰も思いつかねえだろうな。どうだ幸太、作れそうか？」

「なんとかやってみやしょう。それにしても、細かい作りになりそうですぜ」

腕の見せどころと言わんばかりに、幸太は袖《そで》をまくった。

「まあ、透《す》かし欄間《らんま》を作るようなもんでやしょう」

細かな装飾彫りの欄間になぞらえて、幸太は言った。

「そうだ……」

と言って、幸太は道具箱の中から丸い玉を取り出した。

「友《だち》に鍛冶《かじ》屋がいましてね、そいつに作らせたんでさ」

幸太から渡されたのは、差し渡し三分ほどの鉄でできた丸玉であった。

「よくもこんなにうまく丸められますね」

真丸の玉を掌《てのひら》で転がしながら、源成は感心した口調で言った。

「そんなものは、わけねえですよ。ずっと以前、玉落穴入抽選器で使われた玉と同じでやすからね」

と、長次郎が口にする。

「あのときの丸玉は、全部没収されてもうどこにも残っていねえ。だけど、幸太の友がいる鍛冶屋に、その型が残っていて具合よく作れたってことだ」

――幼いときの発想が、今になって役に立つとは。

人生は、無駄なことなど一つもないと、源成は思った。

「取り敢えず、十個ばかり作ってもらいやしたから」

「全部で、三本ほど作っていただければ、それでよろしいかと。ええ、そのうち一本は親方に差し上げたいと……」

「それじゃなんですか、たくさん作って売りに出すというのではないのですかい？」

てっきり量産し、売りに出すものと思っていた長次郎は、驚きの目を源成に向けた。

「はい、うちの両親のために作ってあげるのです。ですから、試作品ではなく本体そのものを拵《こしら》えていただくのです」

「ずいぶんと、欲のないお方なんですねえ」

感心するか、呆れ返るか、複雑な思いが長次郎の顔に表れる。

一所懸命に作っても、金にならぬ仕事である。源成の憂いは、それでもって作る幸太の気持ちが萎えないかにあった。

「……先端と柄のほうを切り離すのか」

源成と長次郎の話の合間も、幸太は図面とにらめっこをしている。話し声は聞こえているはずだ。それと、長次郎の次に出る言葉が、源成にとってはすこぶる不安であった。

——儲け仕事でもねえのに、職人の手間なんぞかけられねえよ。

そんな、長次郎の言葉が源成の脳裏をよぎる。

「どうだい、うまくできそうかい？」

長次郎の問いが、幸太に向いた。

「先端と柄のほうは、蟻ほぞと蟻継の要領でなんとかくっつきますが、先端はくり貫《ぬ》いて先のほうを細くしていく。これが、厄介《やっかい》そうで……」

なんせ差し渡し七分の無垢の棒である。その無垢をくり貫き、丸玉を入れその半分ほどを外側に出す。この寸法加減が難しそうだ。そして、内側からしっかりと止め、玉が中に入らぬよう工夫をこらす。

幸太の懸念は、この工程にあった。

「ですが、これができれば、あっしは宮大工にもなれるでしょうや」

「ああ、そうだ。おれのところも、神社仏閣の注文が取れるというもんだ。だから幸太、気張ってやれ」

金目当てではない。源成は先の思いを、取り越し苦労と取った。

「それじゃ、なんで先だって親父さんの前ではそのことを話さなかったんです？」

試作ができたら大量に作ると思っていた長次郎は、その疑問を投げかけた。

「あのとき、父上の前で言ったら、作るのを反対されると思ったからです。おそらく、そんな儲けにもならぬことはやめろと反対され、話が面倒くさくなると。今も、親方から、この先はやらないって言われるかと、はらはらしておりましたが、これで安心しました」

「そうでしたかい」

欲得のない長次郎に、源成は頭を下げる思いであった。

もっとも、幼いころに会った長次郎のことを幾《いく》らかでも覚えている。その人柄を、子供心にも好印象として抱いていたのであった。

――やはり、自分の目に狂いはなかった。

源成が思ったところに、幸太から声がかかった。

「こいつはちょっと手間《てま》を食いそうなんで、やはり十日ぐらいしてから来てくれやせんか」

「分かりました。十日後に、またまいります」

「先端のほうがうまくできやしたら、今度は実際の素材を使って作りやすから、まだ手間隙《ひま》がかかりやすけど……」

「それは承知しています。本当に、忙しいところ……」

申しわけないと言おうとしたところで、長次郎が遮《さえぎ》る。

「いや、なんべんも謝んなくたっていいってことよ」

「自分の腕が、どれほどか試せるいい機会でもありやすからね」

幸太からも言われ、源成は二人に向けて大きく頭を下げた。そして、十日後に来る約束をして、源成は丸長を辞した。

二

またも、待ち遠しい十日となった。

「……うまく先端ができて、柄とつながればこれで独り肩揉み棒はできたようなものだ」

独りごちながら、源成は神田竪大工町から家路へと急ぐ。

吹きすさぶ木枯らしが、ヒュールリと笛音を立てて北に向かう人々に吹きつける。

逆風に、源成は幾分前かがみとなった。

「うーっ、寒い」

胸元を手で閉めながら、寒さを凌《しの》ぐ。

まだ冬ははじまったばかりである。あと三月も、寒い日がつづくと思うとげんなりとする源成であった。

こんなとき、源成はつくづく思うことがある。

――なんで、両親はこんな名をつけたのだろう。

と。だが、そんな思いをすぐに撤回《てっかい》する。

――おれは、平賀源内先生みたいに成るようにして生まれてきたのだ。

そう考えれば、いい名だともいえる。

冷たい向かい風は、源成に新たなる発想を与えた。

この冬の冷え込みは、とくにきつそうだ。

「……家の中を温《ぬく》める方法はないものか」

傘貼りは、火の気のない寒い部屋で作業をせねばならない。油紙が散らかるので、火気は厳禁なのである。

暖かな部屋で、両親が傘張りをしながらでも温まることができるもの。そんな発想が、源成の脳裏をよぎった。

「それも、火を使わずにか……いや、使ってもよいが火の気を外には出さない」

火を内側に隠すなんて、そんなことができるのか。一番心配なのは火事である。

「……でも、何か工夫をこらせばできるような気がするな」

独りごちたり、呟いたり。源成の脳裏には、また新たなる発案が生まれつつあった。

「独り肩揉み棒とか……この冬は、忙しくなりそうだ」

そんな思いを抱いているうちに、源成は我が家へとたどり着いた。

ただいまと言いながら、遣戸《やりど》を開けて家の中へと入る。すると、見慣れない雪駄《せった》と、娘ものの草履《ぞうり》が源成の目に入った。

「……お客さんか」

と呟き、上がり框《かまち》に足をかけたところであった。そこに、母親の鈴乃が奥から顔を出してきた。

「お客様ですか？」

「ええ、お父上の古いお知り合いという方が、娘さんとご一緒に……」

「娘さんですか……」

「何かお話ごとがあるようで、それで来たとか。おまえも、ご挨拶をなさい」

「分かりました」

源成はすぐに部屋にこもり、帰りしなに思い描いていた、尻温もり器のことを考えたかったがそうもいかなくなった。

「源成が戻ってまいりました」

鈴乃が、障子越しに声を投げた。

「おお、そうか。中に入りなさい」

左衛内の返事があって、鈴乃は障子戸を開ける。

「さあ、お入りなさい」

源成が部屋の中に入り、鈴乃は茶を淹れに勝手へと向かう。

左衛内と向かい合って、五十歳ぐらいの男と、源成より年下と見える娘が座っている。その二人の姿を見て、源成はおやっと思い、小さく首を傾げた。父左衛内の古い知り合いと聞いていた源成は、てっきり武士かと思いきやそうではなかった。男のほうは町人の形で、娘のほうは黄八丈の袷《あわせ》を着ている。

昔話を語っている最中であった。

話の邪魔をしてはまずいと思い、黙って源成は左衛内の隣に座った。

「そういえば、あんたの部下である三村《みむら》殿は、お家が潰れるとすぐに亡くなったそうだな。奥さんは産後の肥立《ひだ》ちが悪く、三村より先に逝《い》ってしまった。乳飲み子の娘が一人残されたみたいだがどうなった？」

「さあ、分からん。あれから会ってもないのでな」

「左様か。しかし、若かったのに気の毒であったなあ」

と左衛内が言ったところで、源成がいるのに気づいた。

「おお、源成、帰っておったか」

「今しがた、戻りました」

左衛内に向けて、源成が小さくうなずく。そして、左衛内が源成を紹介する。

「倅の源成でござる」

「おお、こちらが噂《うわさ》のげんなり先生ですか」

珍しいものでも見るように、男の顔が源成に向いた。

「先生のご聡明《そうめい》さは、手前どもの耳にも聞こえておりますぞ」

ここでも源成は、再びおやっと思った。言葉つきが、武士のものである。だが、恰《かっ》好《こう》は町人。

「これ、伊代《いよ》。こちらがかの有名なげんなり先生であるぞ。よく見てみなさい」

骨董品でも見せつけるような、男のもの言いであった。

娘の名は、伊代というらしい。見てみなさいと言われるまでもなく、伊代の目は源成を見つめている。

かの有名なといわれては、源成もいささか照れる。

「いや、それほどでも……」

と言って、頭のうしろに手をやった。

「……なんだか、頼りなさそう。でも、かわいい」

源成のはにかむ仕草《しぐさ》に、伊代も少しは惹《ひ》かれたらしい。

伊代の口から、呟きが漏れた。しかし、それは誰の耳にも入らぬほどの小さなものであった。

以前なら、年上の女からでないと言い寄られなかった源成であったが、このごろは、幾分だが年下の娘からも好かれるようになった。童顔が一見頼りなさそうに見えるが、娘心にはそれが『かわいい』と母性本能がくすぐられるようだ。

「こちら様はだな……」

そんな伊代の呟きに気づくことなく、左衛内は源成に向けて二人の紹介をする。

「皆川又兵衛《みなかわまたべえ》殿といって、昔わしとは同僚であったお方だ」

その昔、左衛内が仕えていた旗本市川千代之介《いちかわちよのすけ》のもとで、一緒に働いていたとつけ加える。紹介をされ、源成はなるほどと思った。

「そして、お隣にいるお嬢さんが娘さんの……」

「伊代と申します」

自らの口で、伊代は名乗った。

「お伊代さんですか。はじめまして、源成と申します」

「はい、存じております。いいお名ですこと……」

おほほと笑い、伊代は袂《たもと》で口を塞ぐ。

「ところで源成、この又兵衛殿はな……」

左衛内の口から、又兵衛のことが語られる。

「主家が断絶になってから、わしと同じように浪人となったのだが、以来わしは傘貼りだが、又兵衛殿は煙管《きせる》作りの内職で糊口《ここう》を凌《しの》いでいたということだ」

「武士とはいいましてもな、台所役として主の賄《まかな》い、いわばめしの係りであるな。そんなのが、武士といえますかな」

「又兵衛殿は台所役だが、わしなんぞは馬の世話係りだぞ」

「しかも、お馬鹿旗本のな……」

互いに卑下をしながらも、笑い合う。その様子から、一抹《いちまつ》の寂しさを見て取っていたのは源成だけであろうか。貧乏侍の、精一杯の見栄だと、そのとき源成は思った。

以前は侍であった又兵衛が、なぜに今は町人の身形《みなり》であるかは、次の左衛内の言葉によって知れる。

「実は又兵衛殿はな、一念発起をして町人になった。それで、一年半ほど前から神田明神下の旅籠《はたご》町で煮売り茶屋を商《あきな》っているということだ。近くにいても、ちっとも気がつかなかった」

「もう武士ではないので、殿はよしてくださらんか」

「分かった。それできょうは何用《いぶか》で……？」

急に訪れてきた又兵衛父娘を訝しがり、左衛内が訊いた。

「来よう来ようとは思っていたのですが……」

なかなか来る機会がなかったと、又兵衛は言葉を添える。

「きょうは店が休みで、近くを通ったものだから」

それで、ふと思いついて寄ったという。そのとき源成は、それだけの用で来たのかと、小首を傾げた。

「手前は、一年半ほど前に神田明神下の旅籠町のしもた屋を手に入れましてな、これで一生終わるのもなんだと思い、それからというものそこに移り住んで、昔取った杵《きね》柄《づか》から、同じ場所でめし屋を開業したってわけです」

左衛内より齢は若いといっても、五十歳は過ぎているであろう。一念発起とはいえずいぶんと固い決心がなければできないことだと、源成は思った。

「ここにいる娘も二十歳《はたち》になりましてな、そろそろ嫁《とつ》がせようかと……」

源成は、伊代の風貌《ふうぼう》をまじまじと見た。美人とはいえぬが、顔の形は悪くない。丸ぽちゃで、どちらかといえば、可愛いという印象か。

――この娘さんなら悪くはないな。

源成がそんな思いを巡らした矢先であった。

「この伊代にも、いい男がいたら嫁がせてあげたいものだが、貧乏侍の娘に言い寄る男なんていやしない。下手に武士だなんて名乗るから、余計に縁が遠のく。だったら、町人となって職人でも商人でも、誰でもいいから……おっ、そうだ。げんなり先生なんてのはどうだ？　のう、伊代」

面と向かって自分の名を出した又兵衛に、源成はいささか驚く。

やはり、引き合わせが本来の目的であったかと、源成は勘が働いたと思うものの、身の置きどころに困り、体を揺すった。見ると、伊代の体も揺れている。

「いやだ、お父上……いえ、お父っつぁんたら」

ちょっと恥じらうように、伊代が顔を赤らめる。

「わたしがお嫁に行ったら、お店はどうなるの？」

「店などお前が心配することではない」

伊代を嫁がせるために店を商うのだと、話は妙なほうにいっている。

「この伊代は、五年前に妻が亡くなってから、ずっと手前の面倒を見てくれている。だから、これからは自分の仕合わせだけを考えてもらいたいのだ。それでいかがなものかな、げんなり先生……」

「ちょっと待ってください、又兵衛様……」

なんだか、おかしな様相になってきた。又兵衛の言葉を遮ったのは、源成自身であった。

「こちらは町人なのですから、又兵衛でいいですよ」

「ならば、又兵衛さん。ここに来た目的ってのは……」

又兵衛父娘がここに来た目的は、源成の勘どおりにこれではっきりした。ならば、回りくどい言い方をしないで、最初から見合いだと言えばいいのにと、源成は思う。

「いや、げんなり先生と伊代とのことは、今しがた思いついたこと。目的は、あくまでも左衛内さんを懐かしく思いやってきたってことです」

「何が目的で来たかは、よかろう。今、おまえとお伊代さんが向かい合っているのが縁だとすれば、それが成り行きというものだ」

父親の左衛内は、この話に乗り気になったようだ。一連の成り行きを、落ち着いた目で見ていた。

そこに、鈴乃が盆に茶を載せ部屋へと入ってきた。

「そうですよ、源成。なんだか、いいお話ではないですか」

障子戸の外で、左衛内の話が聞こえていたようだ。

「それでどうだ？　このお嬢さんを源成の嫁に……」

と、鈴乃に言って、左衛内は縁談を勧《すす》めた。

「わたくしはとってもよいお話と……そうですわ、お祝いごととなったら茶ではなくお酒にせねばなりませんわね」

どうやら鈴乃も乗り気になったようだ。酒にしようと、勝手にとって返す。

三

平賀家の三人に異存がなければ、この縁談は成立するであろう。

だが、ことの成り行きというのは、そんなにすんなりとはいかないのが、世の常である。

「ところでげんなり先生は、何か新しいものを発案するのがお得意だとか」

又兵衛が、話の矛先を変えてきた。娘を嫁がせるには、源成の男としての甲斐性《かいしょう》が、有るか無しかを知りたいところである。

「はい。今しがたも、新案の雛形を見てまいったところです」

「ほう、新案とな。それというのは、どんなものですかな?」

又兵衛の問いに、答えてよいものかどうか、源成の気持ちは少し迷いをもった。出来上がるまで、他人には内緒にしておくのが発明というものである。だが、ここはもしかしたら親類縁者になるかもしれない。そんなことが脳裏をよぎり、源成は明かすことにした。

「父上、独り肩揉み棒が、うまくいきそうですぞ」

両方に聞こえるようにして、源成は話の先を、父親の左衛内に向けた。

「ほう、左様か。それで、いつごろできる？」

「今は、試作の段階ですから、まだときはかかりますが、柄のほうの雛形を見てきましてかなりよいできかと。それにしても、幸太さんは手先の器用なお方で。あの人に任せておけば、先端のほうもよいものができるかと」

「それはよかったな。出来上がるのが、楽しみだ」

源成と左衛内の話を、又兵衛は食い入るように聞いている。

「その、独り肩揉み棒というのは、いったいどういうもので？」

興味があるのか、又兵衛が身を乗り出して訊いてきた。

「手前も肩こりが酷くてな、いつもこの伊代に揉ませているのです」

左の肩を右の手で揉みながら、又兵衛が言った。

「そうでしたか。ならばお話ししますが、発案中のものは一つこれということで……」

源成は口の前に、人差し指を立てた。

「おい、伊代。誰にも言うのではないぞ」

「はい、心得ています。お父上……いや、お父っつぁん。誰にも言いません」

又兵衛と伊代が、互いを見合ってうなずくのを見て、源成が語りはじめた。

「独り肩揉み棒というものを、ただ今考案して作りに出してるところです。その雛形を、今しがた見てきたのです」

「そのことは今しがた耳に入っておりましたが、さぞかし気持ちのよくなるものなのでしょうな」

「それは、源成が作るものですから、世の中に同じようなものはないだろうと。現に、わしと家内が使っている自動番傘紙貼機なるものは、かなり重宝《ちょうほう》しておりますぞ」

「それにしても、たいしたものを作るものだ。なぁ、伊代」

「はい、まったく。わたし、そういう頭のいい男《ひと》、大好き」

「ほう。どうやら伊代は、げんなり先生を見初《みそ》めたようですぞ」

「いやだ、お父上……いえ、お父っつぁんたら」

ほっぺを赤らめ、伊代はいやいやをするように体を振る。そんな伊代の振る舞いを、源成は目を細めてみている。

「それで、その独り肩揉み棒というのは、まだときがかかると言ってましたが……」

又兵衛が、待ちきれないといった様子で訊く。

「ええ、少なくともあと一月《ひと》ほどは……」

源成は、具体的なときを示した。

「待ちきれませんわ」

源成の返しに、口を出したのは伊代のほうであった。

「ほう、お伊代さんも肩がこるのですかな？」

左衛内が伊代に問う。

「いえ、お父っつぁんが自分で肩揉みをできるものがあれば、わたしは安心してお嫁に……あら、いやだ」

ぽっと顔に紅をさして、伊代は畳に顔を向けた。そんな伊代の仕草を見て、源成も恥じらう心持ちとなった。

若い二人が、相思相愛になろうとしている。だが、そんな二人の気持ちを遮ったのは、又兵衛の次の言葉であった。

「それができましたら、たくさん作って売るのでございましょうな。それで、たんまり儲けましたら……」

娘の嫁ぎ先としては申し分がないと、言おうとするのを源成が遮る。

「いや、売りには出しませんよ」

きっぱりと、源成は又兵衛の言葉を打ち消した。

「えっ、なぜかな？」

「これは、傘貼りの仕事で肩がこる、両親のために作るものです。ですから、たくさん作って売るようなことはしません。それと、もう一つ売らないのにはわけが……」

「げんなり先生の欲のないことは分かった。その心がけは奇特なものだ」

源成の言葉を途中で遮り、こんどは又兵衛が口を挟んだ。口調が憮然《ぶぜん》としている。

「だが、それではいつまで経っても生活は楽にならんでしょうに。そんなのでは……」

娘、伊代の嫁ぎ先としては心もとないと、又兵衛は訴える。

「しかし、独り肩揉み棒は売りに出さないほうがよい……と思われます」

源成の、半分きっぱりとしたもの言いに、又兵衛は二の句が継《つ》げずにいる。そして次に口にしたのは、頼みごとであった。

「それでは、頼みがある」

「なんでございましょう？」

「それができたら、手前にも一つ分けてもらえないだろうか？」

又兵衛の頼みに、すぐさま返事があると思いきや、源成は腕を組んで考える素振りをした。

「いかがした源成？　一本ぐらい分けてやったらどうだ」

考える源成を、左衛内は怪訝《けげん》に思って口にする。

「一本ぐらいと申しますが、父上。この独り肩揉み棒は、その一本を作るのに大変な手間と暇がかかります。それを今、一人の職人の手に委《ゆだ》ねております。ですから、生憎《あい》《にく》と三本しか作りませんので」

「ご両親のためというなら、一本余るだろうに」

「それは、作っていただく大工の親方に差し上げるものです。ですから、ご容赦《ようしゃ》を」

「どうしても、駄目と言われるか？」

「はい、駄目なものは駄目です」

きっぱりと断る源成に、又兵衛の顔つきが豹変《ひょうへん》した。

「絶対に駄目であるか？」

「はい、駄目」

駄目を押すように、源成は首を振る。

「駄目だ伊代、この男は」

駄目という言葉が、つづけざまに出た。

「もう少し気の利《き》いた男だと思ったが、とんだ見込み違いだ」

怒鳴り声となって家中に轟《とどろ》く。

「これならば、ほかの男のほうが、よっぽどいいぞ、伊代」

これには、左衛内が反発をする。

「見込み違いだったとは、何を申すか又兵衛さん。わしの倅に向けて」

「何が、わしの倅だ。少々頭のいいことを鼻にかけやがって。こんな吝嗇《けち》で甲斐性なしに、娘はやれん」

又兵衛のもの言いに、本性が表れる。

「こんな男と一緒になっても、一生貧乏で苦労するのだろうからな」

これでもかとばかり、源成に罵詈雑言《ばりぞうごん》を浴びせる。

「娘はやれんって、やっぱり端からそのつもりでここに来たのか？」

「ああ、そうだ。あと半年の内で伊代を嫁がせねばならんのに、もうどうでもよくなった。さあ伊代、帰ろう」

自分から言い出した縁談を、又兵衛は反故《ほご》にする。

又兵衛は言いながら立ち上がると、伊代の袖《そで》を引いた。振袖が破れてはまずいと、伊代も渋々立ち上がる。

「あら、お帰りですか?」

部屋から出ようとしたところに、酒を燗して戻ってきた鈴乃とかち合う。危うく、盆に載っている徳利が倒れるところであった。


「ああ、まったく話にならん」

又兵衛の憤慨《ふんがい》が、鈴乃に伝わった。

「いかがなされましたので？　大きなお声を出されてましたけど」

「わけはあんたの亭主に訊け」

そういい残すと、又兵衛は未練が残っていそうな伊代の手を引き、去っていった。


仏頂面《ぶっちょうづら》をした左衛内に、鈴乃が語りかける。

「あなた、いったい何がございましたの？　かなり憤慨されてお帰りになりましたけど……」

「ああ、今しがたこんなことがあった」

と前置きをして、左衛内の口から語られる。

「そうでしたの。でも、それだけのことであれほど憤慨なさるとは、いかがしたものでしょ」

心根の小さな人だと、鈴乃は又兵衛を詰《なじ》った。

「それにしても源成、残念だったな。もう少しでお伊代さんと一緒になれたのにな」

「わたくしはいやですよ。あんな怒鳴り声を発するお方の娘さんなんて」

左衛内の言葉に応えたのは、鈴乃であった。

「……ああ、あんなに怒るとは思わなかった」

源成を見ると、ぶつぶつ呟きながら肩が落ちている。伊代との縁は、これで断ち切れになるとの憂いであった。

「あれほど欲しがってたのだから、一本だけ余計に作ってあげればいいのに」

「いえ、父上。わたしが作るのでしたら、それはかまいません。ですが、これは一本作るのにたいへんな手間が。それを、ほとんどただ同然で作ってもらうのです。そう思ったら、余計に一本作ってくれなどと、言い出せません」

「なるほどのう、それは分かった。だが、源成にはわしからも一つ問いたいことがあるぞ。おまえは口癖《くちぐせ》のように、世のため人のためと申しておるが、ならばなぜに独り肩揉み棒なる、人が欲しがるようなよきものを、世に出さないのか？」

左衛内の問いももっともだと、源成も得心している。

「父上の仰せも分かります。ですが、独り肩揉み棒はすぐに売れなくなる、というより売ることができなくなると思われます」

「売ることができなくなるとは、いったいどういうことだ？」

頑《かたく》なに量産を拒《こば》む源成には、左衛内自身もいささか痺《しび》れを切らしている。

「ごめんなさい。今は、そんなまずい予感がするというだけです」

「ただの予感だけで、世には広めぬと言うのか。なんともまあ、呆れ返ったもの言いであるな。だが、源成の予感は、けっこう当たるからのう」

宝の山を前にして、いつも肩透かしを喰う。左衛内の気持ちも、分からないではないと源成も思っている。

「申しわけありません」

ここは謝る以外にないと、源成は左衛内に向けて頭を下げた。

源成すらも、最初《はな》の内は世の中の人々の、肩こり解消のために広めようと考えていたのだ。だが、あるとき一瞬不安の虫というのが脳裏を奔《はし》った。それでも、肩こりの酷い両親と親方長次郎のためには作ってあげたい。ただそれだけを、源成は思い抱ていたのであった。だが、ここで源成の気持ちは幾分変わる。

――幸太さんに頼んで、もう一本余計に作ってもらおうか。

源成の思いは、又兵衛ではなく伊代に向けてのものであった。

「それよりも、父上と母上……」

# 四

独り肩揉み棒から話題を逸らして、源成はもう一つの思いつきを口にしようとする。

「こんなものがあれば、それこそ世の人々は喜びますぞ」

「ほう、いったいどんなものだ。新しい、思いつきか？」

「なんでございましょうかね？」

天井を向いて頭を捻《ひね》るも、両親には答えなど出ぬであろうに。

「しかし、きょうはことさら寒いでしょう。風も強いですし……」

源成の、もったいぶったような言い方であった。

「そうだなあ、木枯らしが吹きすさんでいる。こんな寒い日に、又兵衛さんたちはよくも来たものだ」

「そうですわね。もっと、暖かい日にくればよろしいのに」

「あのお方たちは、ふいにいらしたのですか？」

両親の会話に、今度は源成が首を傾げた。

「ああ、そうだ。それも数十年ぶりにな」

「数十年ぶりですか？」

「あんな、大きな娘さんがいるとは知らなかった」

話題が、又兵衛のことに逆戻りする。

「実は、あの又兵衛という男とは、昔からあまりつき合いもなかったからな。たしかに同じ市川家に仕えておったが、その当時はあまり話もしておらん。向こうは台所方で、こっちは馬番。汚いといって近寄ることもなかった」

「そうだったのですか。それで、又兵衛さんはわたしのことを……」

「それはよく知っておる。むしろ、わしのことよりも知っておろう。源成のことは、そのころより噂になっていたからな」

左衛内の話は、源成にとって意外であった。

「もっと、親しいものと思ってました」

このとき源成はふと思った。又兵衛がここに来たのには、まだまだ理由《わけ》があると。

「生まれて初めて知り合ったその日でも、幾年もつき合ったように親しく振る舞う者たちはたくさんおろうよ。ましてや、まったく知らない仲ではないのだ」

「それにしても、よりによってこんな寒い日に」

鈴乃が、左衛内に酌をしながら言った。又兵衛と伊代がいなくなり、はからずも昼酒となった。

「おそらく、何か焦るわけがあったのですよ……多分」

「焦るわけ……ってことは、娘の縁談か……？」

「あと半年の内に、嫁にやるとか言ってました」

「源成と伊代さんの縁談が整えば、財でも作れると思ったのかな」

「おそらく。たくさん作って売るのでしょうと言ってましたが、そんなところに気持ちが表れています。そこにきて、わたしが断ったものですから……」

「源成は見込みがないと踏んだのだな。なるほど、又兵衛さんは、娘の縁談を自分で言い出した以上引くに引けず、わざと自分で壊していったのだと源成は言うのか？」

「おっしゃるとおりだと、思います」

「源成は、人の心も読み取れるのだのう」

源成の、勝手な解釈に、左衛内も同意する。

「冷静になって観察すれば、人の心の内はおおよそ読み取れます。それで、肩揉み棒を、又兵衛さんにも一本差し上げたいと思っています。ええ、無理を言って幸太さんにお願いするつもりです」

「と言うことは、おまえお伊代さんと……？」

「いっ、いや、違いますよ」

手を振って、源成が否定する。

他人の心を読み取れる母上だと、源成は思ったものの、口から出たのは反対のもの言いであった。

又兵衛のことに話が逸れて、源成の話が途中になっている。

「ところで源成。先ほど寒いとか言って、話が途中になっていますけど……」

鈴乃が途切れている話の先を促した。

「そうだ、こんなものがあれば人々が喜ぶとかなんとか言ってたな。また、新しいものでも思いついたか」

「はい、そのことで訊きたいのですが」

「どんなことだ、いったい？」

今度の発案で財を築くことができるかもしれないと、左衛内の体は前のめりとなった。

「父上と母上は、傘貼りをしていて寒くはないですか?」

「それは寒いさ。なんせ、火の気がないからな」

「わたくしは冷え性ですからねえ、つらいものがありますよ」

顔を歪めながら、鈴乃が言う。

「だが、油紙が散らかるので、火種は厳禁だからのう。こればかりは、我慢せねばならん」

「ですから、火種なくして温める方法がないものかどうか」

「温石《おんじやく》というのがあるが、あれはすぐに冷めていかん。そういったものではないのか」

「はい、温《ぬく》みが長もちするものを考えたいと」

「ほう、そんなものがあれば、これはありがたい。のう、鈴乃」

「早く作ってくださいな、源成」

体を捻って、鈴乃が嘆願をする。

「これから、考えるところです。少しお待ちください」

「なんだ、これから考えるのですか」

肩を落としてがっかりとする、鈴乃の口調であった。

「なんでもいいですから、早く作ってちょうだい。うーっ、さぶい」

ひと震えして、鈴乃は長火鉢に手を翳《かざ》した。

このときから源成の頭の中は、二つの発案品のことで一杯になった。

一つは独り肩揉み棒であり、すでに職人幸太の手に委ねている。だが、今はまだ試作の途中で、まだまだ改良を加えなければならないであろう。それでも、十日の間は別のことを考えられる。源成はその間を、尻温もり器の開発に費やすことにしようと思っていた。

「父上、これができたあかつきには、存分に売ってくだされ」

ぐっと一息、酒を呷って源成が口にする。

「おっ、そうか」

発明品を売ることが許される。源成が初めて言ったその言葉に、左衛内の胸は高鳴りを打った。

「ならば酒など呑んでないで、早く作らぬか。財さえできれば、肩こりだって冷え性だって、どっかに吹っ飛んでしまうぞ」

「どうでもいいですから、早く作ってください」

両親の、偽《いつわ》らざる本音であった。

「まあ、母上までも。きょうはゆっくり、酒でも呑みましょう。焦って考えても、ろくなことは思いつきませんし」

逸る左衛内を宥《なだ》めるのに、源成は一苦労となった。たまには気分の転換も必要だと、塩辛を肴に、源成はぐっと一息盃を呷った。

「……世の中に絶対に、燃えないものってないかなあ」

それでも、頭の中はどうしてもそっちのほうに傾いてしまう。呟きが源成の口から出た。

「頭を休めるといっても、源成はいつも何かを考えているのだな」

源成の呟きに、苦笑いを浮かべながら左衛内が言った。

「今、なんと言いましたか、源成？」

呟きは、鈴乃の耳にも入っている。

「世の中にですねえ、燃えないものってないのかなあと思いまして……」

酔いが回ったか、源成の呂律《ろれつ》が怪しくなってきている。色白の顔も、かなり赤みを増している。

「そういうものがあるということは、すでにおまえなら知っていると思いましたけど。やはり、酔った頭ではそんなことすら気づかないのですね」

言って鈴乃の顔が、左衛内に向いた。

「ずっと以前、あなたから聞いたことがあるでしょ」

「わしが言ってた……？」

三人の中で、鈴乃だけが素面《しらふ》である。

「二人とも、お酒はいいかげんになさい。昼間っから呑んでるから、頭が回らないのです。そのものの名は忘れましたけど、たしか平賀源内……」

「あっ、そうか……火浣布《かかんぷ》」

これよりおよそ六十年前、鉱山資源の開発も手がける平賀源内は、武蔵野《むさしの》国の秩父《ちちぶ》山中で、石綿なるものを発見する。この国で源内は、初めて石綿で布を織ったとされている。織った布に油を含ませ火中に投じると、油だけが燃えて、きれいに石綿だけが残る。その様から、火で浣《あら》うの字があてがわれ、火浣布と名づけられたそうだ。

当然源成は、そのことは知識の中にある。だが、酔いが回ったこのときの源成は、母鈴乃の言葉によって、その知識を思い出した。

「母上はよくご存じで……」

「それを教えてくれたのは、この人です」

言って鈴乃は、左衛内を指さした。同姓のよしみから、左衛内は平賀源内をこよなく尊敬していた。その名にあやかるよう、一文字をいただき、一人息子に源成と名づけたくらいである。

「そうだったっけか」

源成が生まれたころに、火浣布のことを話題にしたことがある。それ以来、一度も口にしたことのない言葉であった。

「わしはとうに忘れたけど、おまえはよく覚えておったな」

「はい、あなたとわたくしとでは頭のできが違いますから」

「なんだ、それはいやみか？」

「まあまあ、こんなところで夫婦喧嘩《げんか》とは……」

気まずい夫婦の成り行きに、源成が仲立ちをする。

「それともう一つ思い出しました。たしかそれというのは、肺に悪いとか言ってませんでしたかしら？」

「母上は、どこでそんなことを？」

「たしか、噂でかしら」

話の出どころは、定かでないと鈴乃は首を振った。

「人々の噂なんかには、なりはしないでしょう。石綿だとか火浣布なんて言葉、この国のほとんどの人は知らないはずだ」

と言って、源成が首を捻った。

「おそらく、それもわしが言ったことかもしれん。さらに以前に、源内先生のことをよく知ろうと、書物を読んでいたことがある。その中に、火浣布のことが書いてあったので、そのときにそんな話をしたのかもしれん。それを噂と勘違いしたのであろうよ」

「父上が読んでいたのは、艶本ばかりではなかったのですね」

「馬鹿にするでない」

ばつの悪そうな顔を鈴乃から逸らし、左衛内は酒を呷り呑む。

「石綿を採石する人夫たちが咳《せ》き込むってことが、ちょっと書かれてましたものね。ですが、それが石綿のせいかどうかは、よく分かっていません」

酒が入って源成の話は蘊蓄《うんちく》に傾く。酔いに慣れたか、言葉が饒舌《じょうぜつ》になってきていた。

「源内先生が作った火浣布は、ほんの一尺四方のもので、それを実用するには、まだ至っておりません。ほかにやることがいっぱいあり、どうやら途中で研究を投げ出してしまったらしいのです。ですから、これがうまくたくさん作れれば……」

「おまえが作ろうというのか？」

「火浣布を利用すれば、いつまでも熱の冷めない尻温もり器が作れます。その形なるものは、漠然とですが思いつきました。ですが、石綿をどう調達しようかと。やはり、秩父に行って採掘する以外には……」

方法がなかろうと、源成は腕を組む。

「なんだか、大掛かりになりそうだな」

「ですから、今すぐに『はい』と言ってできるものではありません」

「どのくらいときがかかるものだ？」

「さあ？」

源成は、天井を見上げて首を傾げた。

このとき源成の閃いた尻温もり器なるものは、火浣布でもって燃える炭か炭団《たどん》を包み込み、座蒲団にして尻の下に敷くというものである。

「……このぐらいのことは、源内先生も考えていたのだろうなあ」

しかし、それを実現させたわけではない。もしもこれが作れれば、源成は専売の権利を得ようと思っていたのだが。

「一年二年では無理でしょうな。だいいち、秩父に行くまでの路銀からしてありませんから」

「まあ、なんと情けないこと」

嘆きが、鈴乃の口から漏れる。

「よしんば行けたとしても、かなり大量に採掘しなくてはなりません。そうなると四、五年は現地につめなくてはならない。石綿を加工して、綿のようにするのに、さらに二年。それから試作をして、座蒲団本品を作るのに半年。売りに出して、金銭に変わるまで、一年はみませんと。それが財になって潤うまでには、もう少しときが……。それだけではありません。その間にも石綿を掘り出す人夫の手間代など、莫大《ばくだい》な先行の投資が必要となるでしょう」

「わたくしたち、それまで生きてるかしら」

「この冬で、凍《こご》え死ぬかもしれないというのにな」

左衛内の憂いは三人の意気を消沈させた。「はあ」というため息が、そろって出た。

今のところ、石綿以外には素材を思いつくものではない。だが、その石綿は採取が難しいとなれば、案そのものが挫折《ざせつ》する。

――火浣布以外に、ほかにないものか。

源成は、考えながらぐっと一息酒を呷った。

# 五

その翌日の正午を少し過ぎたころ。

神田旅籠町の『うまい屋』に、一人の男が昼めしを食べに立ち寄った。間もなく正月が来て年を越すと、源成は二十四歳になる。その男の着ているものは上等な紬《つむぎ》で、季節に合わせ厚手の羽織を着こなしている。月代はきちんと剃《そ》り上げ、商人風にも見える。一見、羽振りがよさそうな感じの男であった。

痩せぎすで、幾分目尻が吊りあがったところは、滑稽《こっけい》本に描かれている戯画の狐にも似ている。

「いらっしゃいませ、お一人さんですか?」

初めて見る客である。伊代が、その一人客に声をかけた。

伊代は愛嬌《あいきょう》が先に立つ娘である。声も明るく、客あしらいのよさが感じられた。

「ああ、そうだが」

「でしたら、お好きなところにどうぞ」

昼どきとはいえ、ほかに客はいない。

男は、どこに座るか迷いながらも四人掛けの卓に、独りで腰をかけた。

「ご注文は何にいたしましょう？」

伊代が注文を取ると、男は懐から巾着《きんちゃく》を取り出し銭を数えだした。身形《みなり》とは違い、銭金はもってなさそうである。しかし、伊代は黙って男の仕草を見やっていた。

「……十五文しかないか」

呟きが、伊代の耳に入る。顔をしかめ、困っていそうな様子に伊代は首を傾げた。

「お客さん、どうかなされました？」

「この界隈で一番安そうな……いやごめん、そんなつもりで言ったのではないけど」

まさに、そんなつもりで言ったような口調である。

「まあ、一番安いお店でしょうね。ごもっともですから、お気になさらないでください」

「ありがとうよ。それにしても、お嬢さんは気立てがよさそうだ。そうだ、手前は万太郎という者だが、娘さんの名は？」

狐顔の男は、万太郎と言った。

「伊代と、申します」

「お伊代ちゃんか、いい名だ。ところでお伊代ちゃん、ここで一番安いのは、あそこに書いてあるうまいそばかい？」

「ええ、そうですが」

伊代から答えが返ると、万太郎が立ち上がった。そして、戸口のほうへ向かおうとする。

「帰るのですか？」

と、伊代が訊く。

「少しばかり、銭が足りないので」

「銭が足りないって、そんなご立派な身形で？」

「ああ、わけがあって……」

伊代と万太郎のやり取りを、厨房《ちゅうぼう》の中から見ていた又兵衛が、片手で肩を揉みながら暖簾《のれん》を潜《くぐ》って店に顔を出した。

「何かあったのか？」

伊代に声をかけた。

「ご主人でございますか。手前は万太郎と申しまして、この先の金沢町《かなざわ》に住んでる者でございます」

万太郎は、自らを紹介する。

又兵衛に向けて言葉が丁寧なのは、頼みごとがあるからだろう。それが、次の言葉に表れる。

「手前、日本橋からの帰りでして……」

「まあ、そこに座ったらどうだね」

どうせ客は来そうもない。何か理由《わけ》ありと思い、又兵衛と伊代は万太郎と向き合った。

万太郎の話がつづく。

「今川橋《いまがわ》を渡ったところでしたか、行きずりの男とちょっとした接触がありまして、そのときは気がつかなかったのですが筋違御門《すじかいごもん》まで来たとき、ふと懐に手をあてたのです。すると、売り上げを回収して入れておいた……財布ごと……」

このあたりから万太郎の口調は、苦渋の滲《にじ》むものとなった。

「巾着切にやられたのかい？」

又兵衛の問いに、伊代も重ねる。

「それで、幾らぐらい……？」

「いや、たいしたことはありません。五両ほどでしたか……」

「五両もですか？」

驚いた伊代の顔が万太郎に向く。

「そんなにも盗られて、なんで届けを出さないのだい？」

又兵衛の問いであった。

「いや、たったの五両ですから。届けを出して、面倒くさいことになるのもいやですし。それと、そんなに暇ではありません」

たったの五両という万太郎のもの言いに、又兵衛と伊代は別の感慨を抱いた。

——若いのに、なかなかやり手であるみたいだな。

が、又兵衛の考え。

——五両をたっただなんて、鼻もちならない男。

伊代の、万太郎に対する初対面の印象は、罰点《ばってん》であった。

「ですが、銭金がなくなるというのは、ひもじいものです。いざという場合、小銭を入れる巾着をもっているのですが、その中には十五文しかなくて。いつもなら、百文は入れておくのですが、今川橋の袂《たもと》にかわいそうな子どもがおりまして、その子に小粒銀を恵んでやったのを失念してました。四文銭と間違えて、縁の欠けた茶碗に落としたときはもう遅い。四文銭と取り替えろとは、言えませんしね。巾着切は、それを見ていたのでしょうかねえ」

――いい人なのね。

かわいそうな子どもに銭を恵んだという件《くだり》で、伊代がつけた罰点は消えた。

「その巾着切も、ずいぶんと、気前のいい奴だと思ったのだろうな」

巾着切の心理を、又兵衛が語る。その間も、片手で肩を圧している。

「そしたら、うまいそばは十六文て書いてありますでしょ。一文足りなくて……」

「そんなことなら、一文まけとくよ。困ったときはお互いさまだ」

「いや、一文とはいえ商い。家も近いですから、帰ってから昼餉を取りますので……」

「いや、せっかくだから、食べてったらどうだい。こんな店だから、昼だというのに客もなく。もし、うまいと思ったら、あっちこっちに触れ回ってくれればありがたいことだ」

「分かりました。それでは遠慮なく……ところでご主人、先ほどから肩に手をあて、揉んでおられますが……？」

「ああ、酷い肩こりでな。肩揉み棒ってのをわしにも作ってくれればよいものを」

憮然とした面持ちで、又兵衛が口に出した。

「お父っつぁん、それは……」

言ってはならぬことだと、伊代がたしなめる。

だが、又兵衛の耳に、伊代の声は入っていない。

「なんです、その肩揉み棒ってのは？」

源成と万太郎に、確執があることなど、無論又兵衛は知らない。又兵衛の口から、源成への憤《いきどお》りがついて出る。

「わしの知り合いの倅で、発案家なんて気取っている男がいるのですがね……」

源成の名を伏せて又兵衛は語る。独り肩揉み棒を作ってくれない辛みを口に出した。

「お父っつぁんたら、そこまで言っちゃ……」

「別に、この人だったらかまわないさ」

と言って、又兵衛は取り合わない。

——神田川で釣りをしていたとき、なんか閃いたみたいだったが、源成の奴、そんなものを考えていたのか。

父と娘の会話を、笑みを浮かべて聞いていた万太郎の心の内であった。

そして、そばが配膳され、万太郎は一口食す。

「……まっ、まずい」

ほとんどを食い残し、万太郎はうまい屋をあとにした。

神田金沢町の、左官職人の倅に生まれた万太郎は、幼少のころより近所の者たちから天才と謳《うた》われていた。源成が湯島聖堂が授けた神童なら、万太郎は神田明神が生んだ天才と噂されたほどの男であった。

万太郎の天才たる所以は、その手先の器用さにあった。その真価を発揮したのは、万太郎十歳のときである。

父親の跡を継《つ》ごうと、左官屋の道に入ったのだが、たった三日目で木舞下地《こまいしたぢ》の下塗りを習得したのであった。七、八年もかかって習得した父親の技術を、数日で上回ったのだから鼻は高くなる。そのころから万太郎は、人を見下す癖を覚えた。

世の中は銭金が支配すると取った万太郎は、左官業に嫌気がさすと、もちまえの器用さを取り得に、一攫《いっかく》千金の夢を追うようになった。

だが、源成と同じような道を辿《たど》るものの、生きる姿勢には百八十度《せいはんたい》の違いがあった。

源成と万太郎との違いは。

源成は、物の発想力において大きく秀《ひい》でている。必要は発明の母を信条として、いろいろな新案を思いつく。だが、図面を描くことはできても、それを作り出す手先の器用さがない。どうしても、その部分は他人に委ねることになる。そして源成は、自分が発案したものは世のため人のためになればそれでよしと、けしてそれで財を成すことを目的とはしていない。新しいものを作り出すことだけに、情熱を傾けている。

一方の万太郎は、新案を思い浮かべるのが苦手である。しかし、案さえ思いつけば自分で作り出し、それを売りに結びつけることもできるしたたかなところがあった。

万太郎は、いつも一旗揚げようとしている山っ気のある男である。それはそれで、男の生き様としてはよいのだが、他人の発案を盗んでまでも財を成そうとする野心があった。

## 六

それから九日が経ち、源成の体は大工丸長の作業場にあった。

曲がった柄に、揉み手となる先端がついている。雛形としては、いい具合のできであった。

　幸太から、仕様の説明がなされる。

「柄と先端は、ほぞでもって結びやす。こうして捻ると取れ、逆に捻るとくっつきやす」

　実際に捻って、取りつけの方法を示す。

「先端は、先っぽが細くなるように削り、同じように内側も削ります。ここがいっとう難しいところでして……」

　そうだろうと、源成も大きくうなずく。

「中をくり貫いて、丸玉を収める。そして、くり貫いた中に詰めものをすれば、丸玉は外にも出ず、内にも引っ込まずクルクルと回りまさあ」

　実際に、先端から半分ほど姿を見せる丸玉は、押しても引っ込まない。

　取っ手のほうは、籐を巻きつけ握りやすいよう太くなっている。

　源成は、出来上がった雛形を肩にあて自分で試してみた。

「もう少し、先が内側に曲げられれば、この肩甲骨《けんこうこつ》の内側も強く圧せるようになるでしょう」

源成の注文は、こんなところであった。

「あっしもちょっと試させてもらったが、こんな気持ちのいいものは見たことがねえ。これじゃ、按摩もいらなくなるな」

「素材をもっと硬いものにすれば、もっと気持ちよくなりやすぜ、親方」

「だったら、樫《かし》の棒を使ったらいいんじゃねえか」

「あっしもそう思っています。そんなんでいかがですかい、源成先生？」

「ええ、ああ……」

このとき源成の頭の中は、別のほうに向いていた。

「どうかしましたかい？」

源成の様子に、幸太の訝《いぶか》しそうな目が向く。

「いや、なんでもありません。素材のほうは、お任せします」

このとき、源成の脳裏によぎっていたのは、先ほど長次郎が言っていた言葉の中にあった。

この独り肩揉み棒が売りに出せない理由。

「……按摩さんがいらなくなるか」

誰にも聞こえぬほどの、小さな呟きであった。

「これで、本物を作りますがよろしいですかい?」

源成が考えているところに、幸太が問う。

「ええ、お願いします。そうだ、申しわけないですが、四本お願いできますか?」

「一つできれば、容易《たやす》いです……とはいってもけっこう手間はかかりますが、かまわんですよ」

「どうも、すみません。ちょっと、義理のあるお方に差し上げたいもので」

言いながら源成は、伊代の顔を思い出していた。

「わしもできるのが楽しみだからな。早いところ、頼むぜ」

長次郎が幸太に命じれば、あとは出来上がりを待つだけである。もう一本の追加を、幸太は快《こころよ》く引き受けたのを聞いて、源成は丸長の作業場を辞した。

出来上がるまで、二十日ほど欲しいと幸太は言っていた。普段の仕事の合間を縫《ぬ》っての作業である。長くかかるのは仕方がないと、源成は帰りの道々思っていた。

この二十日の間は、平賀家の三人にとって待ち遠しいものとなった。

肩こりがつらい、左衛内と鈴乃。そして、二人から頼むと言われて、肩揉みをせねばならない源成。早くできてこないかと、おのずと首も長くなってくる。

そのとき、丸長から少し離れたものかげに、男が一人立っていた。

「……独り肩揉み棒なるものを作らせているのは、やはり、ここの大工だったのか」

と呟いたのは、狐目の万太郎であった。釣りをしていた最中に源成を見かけたとき以来気になっていた万太郎は、何を手がけているのだか、探りをかけていたのである。万太郎が、独り肩揉み棒のことを知ったのは、又兵衛父娘からだと知れる。


季節も真冬に入り、寒さが一段と厳しくなってきた。霜月《しもつき》から師走《しわす》となって、あと一月もすれば、年が変わるかといったころである。あと五日もすれば、独り肩揉み棒も完成をみるそんなとき。

何か新しい発見がないかと、源成が町をぶらついていたときのこと。足は神田目抜き通りを南に向いている。

「……ちょっと出来栄《ば》えでも見てこようか」

と呟き、源成は竪大工町の大工丸長に足を向けた。場所は、鍛冶町というところに差しかかる。町の名のとおり、刀鍛冶や瓦金《かわらかね》の鋳造《ちゅうぞう》などの職人が多く集まったところである。トンテンカントンテンカンと、鉄を鍛える音が源成の耳に入った。この界隈を通るたびに、聞き慣れた音である。普段ならやり過ごす音でも、この日源成には違った音として心の中に響いた。閃きが源成の頭の中をよぎる。

戸口の障子に『瓦金　平吉《へいきち》』と書かれてある鍛冶屋の前を、ちょうど通り過ぎるところであった。

瓦金とは、薄い鉄や銅でできた平板のことである。

「……これを使えば、もしかして？」

鉄や銅は熱を通すという知識は、もちろん源成にはある。源成が考えていたのは、尻温もり器のことであった。火浣布を使うことは無理とみて取った源成は、その発明が頓挫《とんざ》していたが、それが再び甦《よみがえ》る。このときの源成の頭の中では、すでに尻温もり器の形状が浮かんでいた。

源成は、平吉なる男に話を聞こうと、矢も盾もたまらず障子戸を開けた。

「ごめんください」

障子戸を開けると、鉄の熔ける臭いが鼻をついた。

「誰でえ？」

捻り鉢巻をし、振り向く顔が鞴《ふいご》の火に照らされ赤く光っている。顎が尖《とが》った特徴のある顔は、源成よりも十歳ほど上に見える。

「湯島聖堂近くに住む平賀源成と申します。お忙しいところ、すみません」

「いいから入って、障子戸を閉めてくれ。風が入ると、鞴の熱が冷めるんでな」

鍛冶屋の作業場は、一気に夏が来たような熱気であった。冬の仕事にはよいが、夏はたいへんだろうなと、源成はいらぬ心配をする。

「それで、用ってのはなんだい？」

「平吉さんのところでは、銅の瓦金も作っておりますので？」

「ああ、やってるよ。そこにあるだろ」

平吉は、尖った顎で場所を示した。顎が向けるその先に、二尺四方の銅板が数枚重なって置いてある。

「この銅板は、どのくらいまで薄くできるのでしょうね？」

「今まで指物師以外から訊かれたことは……あんた、指物師かい？　いや違うな、苗字《みょうじ》を言ってたし、ということは侍ってことか。だが、それらしくもなく、いったいあんたは何者だ？」

何者だと訊かれても、源成には初めて会う男にどう答えていいか分からない。

「はっあん……」

と、口に出したところで平吉が遮る。

「いや、ちょっと待てよ」

そして、平吉は首を傾げながら、源成をまじまじと見やっている。

「さっきあんた、なんとかげんなりとか言ってなかったか？」

「ええ、平賀源成と申します」

同じ人に、二度名を名乗るのは滅多にない。

「わたしのことを、知ってらっしゃいますので？」

「もしかしたら、長次郎親方のところで、何か作らせてねえかい？」

「えっ！」

驚く源成の顔が、平吉に向く。

「なんだか知らねえが、そこの職人で幸太ってのがいつぞや来てな、丸玉が作れるかって言ってきた。そんときにたしか、げんなり先生とかって名を聞いたんだが、あんたがその先生かい？」

「そのとおりです」

「なんだか、頭のいい男だって聞いてたけど……」

「いや、それほどでも……」

言われて照れるのか、源成は平吉の言葉を遮り、頭を掻いた。

「だけど、ずいぶんと、餓鬼《がき》っぽい面をしてやがるな」

添えた言葉で、源成の肩がガクリと落ちる。

「ところで、あの丸玉は何に使うんだい？　幸太に訊いたって、教えてくれねえんでな」

頑なに幸太は約束を守っているようだ。こんなあたりにも、信頼をする価値があると、源成は感じ取っていた。

「すいませんが、出来上がるまでは黙っていてくれるよう、頼んでいるのです。新しく考え出したものが他人に知れると、案が盗まれてしまいますから。出来上がってしまえば、新案の届けを出しますしもう安心なのですが」

「そうだったかい、なるほど。そうか、げんなり先生は新しいものを作り出す……」

「はい。自分では、発案家と名乗っています」

「へえ、発案家かい」

平吉の、好奇溢《あふ》れる目が源成に向く。

「それで、げんなり先生がここに来たのは、何かまた新しいものでも思いついたからですかい？」

このあたりから、平吉の言葉つきが変わってきた。

「さっき、銅板がどうのこうの訊いてたみてえですが？」

「はい。薄い銅板を箱の中に貼りつけて……」

「いったい何を作ろうってんです？」

　幸太が仕事を頼んだ男である。平吉も信頼できる男と、源成は取った。もっとも、何を作るか教えなくては、話が進まないこともたしかだと、源成は思いつきの案を口にする。

「中に、燃えた炭団や炭を入れた箱です。銅板は熱を伝えるけど、燃えないでしょう。それで、周りを暖かくする」

「へえ、炬燵《こたつ》みてえなものですかい？」

「炬燵だと、傘貼りの仕事ができなくなります。紙が燃えて危ないですし」

「傘貼りの……？」

「ええ実は、うちの父親は傘貼り浪人でして、両親が……」

　傘貼りをしているときの、尻温もり器の必要性を源成は説いた。

「なるほど、そいつは親孝行だ。それで、銅板を使って箱を作る。木箱の内側に、銅板を貼りつけて、引き出しをつければいいのでしょうからな」

「いえ、親方。それでは単なる火桶箱になって、狭い部屋では邪魔になる。それと、その上に寝そべることができたら、どれほど快適なことか。そんなんで、床に収めることができないかと……」

「床に収めるってことは、畳の面《つら》に合わせるってことですかい？」

「ええ、そうです。それでこそ、発案といえるもの、畳一畳分ほどの大きさぐらいでいいのですが」

源成の発想は、床そのものを温めるというものであった。

「名づけるとしたら『床火鉢《ゆかひばち》』とでもしましょうか。尻温もり器では、どうも名が貧弱ですから」

「床火鉢ですかい。聞いたことも見たこともねえな。だけど、誰が拵《こしら》えるんだ……そうか、これは大工の仕事かもしれねえな」

「そうすると、長次郎さんのところでも……」

「ああ、うってつけかもしれねえ。銅板の加工は、あっしに任せてくれりゃいいですが」

「それはありがたい。だったら、これから長次郎さんのところに行ってきます」

独り肩揉み棒だけでなく、別の件でも長次郎を頼ることになりそうだ。だが、このとき源成は考えていた。

――ただ同然の、手間がかかる仕事をこれ以上増やしてやってもいいものか。迷惑を余計にかけるのではないかと、遠慮が先に立った。

「……しかし、平吉さんと組めばいい床火鉢ができそうだ」

ここは長次郎に頼る以外にないと、源成は気持ちを固めたのであった。

平吉の同意を取りつけ、源成は隣町の竪大工町へと急ぐ。

ちょっと気晴らしに出た散歩から、思わぬ経緯になることがある。このとき源成は、まさにそれであった。ただし、具合よく長次郎が乗ってくれるかどうかを、源成は案じていた。

七

大工丸長の戸口の前に立って、源成は大きく息を吐き呼吸を整えた。

独り肩揉み棒の出来具合だけでなく、新たなる頼みごとへの引け目が遣戸を開けるのをためらわせる。

しばし気持ちを落ち着かせてから、源成は遣戸を開けた。

「ごめんください」

中に声をかけると、この日は職人が三人ほどいて中仕事をしていた。みな、作業の手が忙しく、源成の来訪に気づいていない。その内で、源成の知っている顔は、幸太だけであった。

幸太も真剣な顔をして、鑿で女木を削っている。

ここで声をかけたら仕事をしくじるかもしれない。そんなことを気遣い、源成は作業場に入ると、声をかけずに作業の様子を見やった。

しばらくすると、幸太のほうが源成に気づいた。

「げんなり先生、いらしてたんですかい？」

一段落したか、手を止めて幸太が話しかけた。

「真剣な顔をして鑿を叩いてましたので、見させてもらってました。それにしても、器用なもので……」

「幸太、お客さんか？」

源成が話しているところに、別の職人から声がかかった。四十がらみの、男であった。その男の顔を見て、源成は、なんとなく懐かしい感じが心の中をよぎった。

「へえ、脇棟梁。このお方がげんなり先生でして」

「なんだって？　あんたが、あのげんなり……」

懐かしいものでも見るような目つきで、源成を見やっている。

「やはり、三治《さんじ》さんでしたか」

初めて会ったのは、源成がまだ五歳のときであった。玉落穴入抽選器を思いつき、三治に釘を打ってもらった。そのときからすでに十八年が経っている。

「へえ、あのときの坊ちゃんがこんなに大きくなって。だが、顔はまるっきりそのまんまですぜ」

幼い顔だと言われたような気がして、源成の顔は複雑に歪んだ。

今では三治は、棟梁の代わりとなりうる、脇棟梁となっている。

「なんだか幸太におもしれえもんを作らせているそうですが、いったいなんなんです？」

長次郎も幸太も、詳しいことは三治に教えていないらしい。

「幸太さん。三治さんには教えても……」

源成が言ったところで、奥から出てきた長次郎の声がかかった。

「おい、何をくっちゃべっていやがるんで。仕事は済ませたのかい？」

「へい、一段落しやして……」

三治が長次郎の問いに答えた。

「そうかい。おっ、げんなり先生来てたんですかい」

「お邪魔しています」

「そうか、あれの出来具合を見に来たってんですね」

「それもありますけど、もう一つご相談が……」

遠慮がちな、源成のもの言いであった。

「もう一つですって。それってなんですかい、また新しいものを考えたってことですかい？」

「はい。ですが、お手を煩《わずら》わせるようで……」

「何をおっしゃいます。あっしらはげんなり先生の思いつきが気に入ってるんですぜ。今度はどんなものを考えるか、楽しみにもしているんでさあ」

長次郎のもの言いは、少なからず源成に勇気を与えた。

「それで、今度はどんなものを……？」

見知らぬ職人もいたが、源成は発案を語ることにした。

「はい、床火鉢ってものを……」

「床火鉢……おい、みんな聞いたことがあるかい？」

長次郎が、職人たち三人の顔を見回して問うた。

「いえ、知りません」

一様に、三人の首が振られる。

「それはそうです。わたしが考えた名ですから」

「床火鉢ねえ。いったいどんなもので？」

「火鉢を床に埋め込めないかと……まあ、そんなものです」

「なんですって？　火鉢を床に埋め込む……」

「そうです。そうすれば、その上で寝転んだり何かをしていても暖かく過ごせるってものでして……」

「おい、そんなもの今まで見たことがあるか？」

またも、三人に向けて問いが長次郎の口から出た。

「いえ、ありません」

またも一様に、首が振られる。

三治も幸太ももう一人の職人も、惚《ほう》けた様子で源成を見やっている。その様を見て、源成はこいつは駄目だとあきらめの境地となった。この丸長で駄目と言われたら、すんなりとこの発案はあきらめることに決めていた。

長次郎から、次の言葉が出るのに少しの間が生じた。

「棟梁、このことは忘れて……」

くださいと言おうとしたところで、言葉が長次郎によって遮られる。

「げんなり先生、こいつをうちで作らせてくれねえですかい？」

「えっ？」

思ってもなかった言葉が、長次郎の口から発せられ、源成は驚く顔となった。

「まだ、どんなものか知れねえが、床に埋め込むってのが誰にも思いつかねえ発想だ。畳の面に合わせるってことでやしょう」

「親方、この工法がうちで作れたら……」

「ああ三治、丸長はおもしれえことになるかもしれねえな」

身代が大きくなるのを、長次郎はおもしろいという言葉で表現した。

「ちょっと上がって、詳しいことでも聞かせてくれねえですかい。脇棟梁も一緒に聞いてくれ」

どうやら床火鉢は、脇棟梁の三治に手がけさせるようだ。

長次郎の部屋で、源成は思いつくままを語った。

「こりゃあ、新築の図面の中にはめ込んで売れば、けっこう飛びつくぜ。年寄りのいる家なんざ、大喜びすること請《う》け合いだ」

手放しで長次郎が絶賛する。

「その部分は板の間になりますんで、夏はひんやりとするでしょうしねえ」

「ああ、銅板で周りは塞ぐから、水でも入れときゃ余計に冷えるってもんだ」

「水は入れなくても、普通の板の間よりけっこう冷たくなると思いますがねえ」

それでもってああしてこうしてと、源成をそっちのけで長次郎と三治の会話がつづく。専門用語が飛び交い、技術的なところは源成も口を挟めないでいた。それを源成は、頼もしい心持ちで聞いている。

「……それにしても、これほど乗ってくるとは思わなかったな」

源成が呟いたところで、長次郎の顔が向いた。

「げんなり先生、この床火鉢ってのをうちで図面を引かせちゃくれねえですかい？大体のことは、もうあっしらの頭の中でできてますから」

たった四半刻ほどであったが、話はかなりのところまで進んでいる。やはり、餅《もち》は餅屋で、専門家のところにくると話が早い。

「それはもう……そのために、話をしたのですから。それで、一つお願いがあるのですが」

「売れたときの、分け前ですかい？」

「いえ、それは……」

どうも、生臭い話には源成は弱い。違うと言って、首を振る。

「だけど先生、こういうことははっきりと端から決めをつけといたほうがよろしいですぜ。そこをだらしなくすると、あとで揉める原因となりますからね。銭金のことは、あんまり触れたくねえげんなり先生の気持ちは分かるが、こういう場合は取り決めってのが必要だ。ちゃんと証文を取り交わすのが、本来の筋ってものですぜ」

むしろ、長次郎のほうから話がもち出され、ほっとする思いの源成であった。そして、さらに長次郎の話はつづく。

「床火鉢は、注文で作りますからその売れた分の一割を発案使用料として支払うってのはどうですかい？」

「一割も……？」

一割と聞いて、源成の顔が歪む。

床火鉢が売れるとなったら十両、百両ってものではない。千両、万両の一割と聞いて、その額の大きさを思い描くと、源成の眉間《みけん》に縦皺ができた。

「何か不服でも？　あとはこっちに任せて、げんなり先生は何もしなくていいんですぜ」

「不服なんてとんでもない。むしろ、そんなにもらっていいのかと思っているぐらいです」

「何を欲のねえことおっしゃいます。そのぐれえの価値はあるでしょうに。まあ、こっちを信用して、任せてくださいな」

「それはもう、こちらからお頼みします」

これで両親をようやく楽にすることができるとの思いが先に立つ。

「ところでさっき、願いごととか言ってましたが……」

「ええ、それでです。この床火鉢は、うちの両親のために考えついたものです。そんなんで、先にわたしの家に取りつけてもらいたいのですが」

「となると、どんな具合にはめ込みます？」

普請を任せられた三治が問うた。

新築ばかりでなく、営繕《えいぜん》でも取りつけることができるという。畳床を上げて板の間にする。床火鉢の部分が広ければ、それだけ金がかかると三治は言った。

「いや、げんなり先生のところは試しですから、金など取りませんよ。安心してくださいな」

幾らかかるかと不安そうな顔をしている源成に向けて、長次郎が言った。

「六畳間なんですが、そこで傘貼りをしてましして……」

源成は部屋の見取り図を、草紙に描きながら説明をする。

「ここに父と母が座るでしょ」

図面に両親の居場所を○で示す。

「ここに自動番傘紙貼機が置いてあり、こいつは温めることはないですから……」

床火鉢を施《ほどこ》してもらいたいところを、四角で囲む。

「こんなところでしょうかねえ」

「すると、一畳分ずつを二つに分けるってことですな。となると、畳の配置はこうなりますかねえ」

さらさらと、三治が図面に畳の配置を入れる。六畳の間に、板と畳が敷かれる変わった配置となった。

おおよそそんなところだと、源成は首を縦に振る。

「あしたにでも、現場を見にいきまさ」

三治が、きちんとした寸法を取りに来るという。

床火鉢の発案はすぐに具体化して、とんとん拍子となった。

源成にとっては、手離れのよい発案であった。案だけ示して、あとは長次郎のところに任せておくだけでよいのだ。源成の頭の中は、別のことを考えられる余裕ができた。

# 第三章　見初《みそ》めた娘

一

　それから五日が経ち、独り肩揉み棒は約束どおり完成をみた。

　棒全体に漆《うるし》が塗られ、体裁はかなりよい。それと使い勝手であるが、まずは最初に使った長次郎の評価は抜群なものがあった。

「ああ、なんとも気持ちがいい。このコリコリのところをコロコロさせると、堪らねえなこいつは。棒のしなり具合も丁度いいし、たいしたもんだぜ」

　独り肩揉み棒で、こった部分を圧しながら悦にこもった声を出して長次郎が言う。

「しかしまあ、こんないいものをなんで売りに出さねえんですかい？」

　長次郎の絶賛に、思った以上によいものができたと、源成は目を細める。だが、売りに出すということに、未だにためらいをもっていた。

「親方が、それほど悦《よろこ》ぶものですから。それだけになおさら、売りに出せないものと……」

「なんででしょうかねえ? あっしにはちっとも分からねえ……ああ、いい気持ちだ」

今度は、首のつけ根に丸玉をあてて、転がしている。首のあたりをしこたま圧してから、腰に移る。

「こんなところは、てめえの手じゃ圧せねえですからねえ。これじゃ、按摩さんもいらなくなるって話だ。ああ、気持ちいい」

もし、これを売りに出したら世の中の按摩師たちが、かなりの打撃を受ける。座頭たちが、路頭に迷うことになると、源成は思っている。

どんなによいものでも、それで泣く人ができては発明とはいえぬ。万人が喜ぶものこそ真の発明品といえるのだ。その点、床火鉢はこの寒い冬には誰もが喜ぶものだ。ただし、取り付けに相当な金がかかるのが難点である。安くしてやってくれと、長次郎に言ってはいるものの、そこが源成の憂いであった。

世の中にないものを生み出すということは、本当に難しいことである。だが、もっと難しいのは、なんの憂いも引け目もなく人々の役に立たせることである。しかし、考え出るのは、こちらが立てば、あちらが立たずといった具合のものばかりであった。

源成は、翌日にでも独り肩揉み棒の新案の申請を出すことにしている。実際には、そんな申請を受け入れる奉行所はないのだが、先に発案したという事実だけでも残しておけば、ほかの誰かが売りに出しにくいくらいの歯止めにはなるだろうと、源成は考えていた。

「……平賀源内先生だって、エレキテルの発案を盗まれ、相手を訴えたことがあるというからな」

何かの文献で読んだと、源成は呟く。そんな面倒くさいことにならないためにも、源成は先に手を打つことにした。

独り肩揉み棒を三本もち帰り、その内二本は左衛内と鈴乃のものであった。

「これが、待ち焦がれていた独り肩揉み棒なのですね？」

目を見開いて、鈴乃が手にする。

「そうです。さっそく、試してみたらいかがですか、母上」

そうしましょうと、鈴乃は肩揉み棒の取っ手をもつと、先端を肩にあてた。

「こったところに先っぽをあて、取っ手をぐりぐりすればいいのですね」

と言って、籐を巻きつけた取っ手を引っ張る。

「あぁーっ」

なんともいえぬ、気持ちよさそうな声が鈴乃の口から漏れた。

「そんなに気持ちがよろしいですか?」

「気持ちいいを通り越してます。ほんと……」

うっとりした声で、鈴乃が返す。

「そいつはよかった、早く父上が戻らないだろうか……」

早く、左衛内にもこの気持ちよさを味わわせたい。

このとき左衛内は用足しで出かけている。左衛内に手渡すのが待ち遠しい源成であった。

両親の喜びもさることながら、源成もほっとしたことがある。この夜から、両親の肩揉みをしないですむと思ったからだ。

それからほどなくして、左衛内が戻ってきた。そして、さっそく独り肩揉み棒を手にすると、先端を肩にあてた。

「くーっ、堪らん」

しかめた顔から、痛気持ちよさが伝わる。

「それにしても、こんなに気持ちのよくなるものを、どうして売りに出さんのか？」

「これは、売ったらまずいことになると思われます」

「まずいことってのは？」

「わたしが思うに……」

源成は、思い描いていることを左衛内に語った。

「ほう、世の中の按摩師たちが、窮地に陥《おちい》るか。たしかに肩を揉むのに、他人の手はいらなくなるな。だが源成、そいつはちょっと考えすぎではないのか。按摩さんの手は、あれはあれで気持ちがいいからな」

「そうでしょうが、やはりこれで一人でも困る按摩さんが出たとしたら……」

「源成の、その優しい性格は誰に似たのか？」

「わたくしより、ほかにないでしょう。ここをグイグイとやれば、頭がすっきりとする感じ」

鈴乃は今、肩甲骨の内側を圧しているところであった。

「もう一本は誰にやるのだ？」

源成の膝元に、一本置いてある。それに目をやり、左衛内が問うた。

「はい、先だっていらした、又兵衛さんにと思いまして」

「そういえば、そんなことを言っておったな」

「やはり源成は、わたくしに似て優しい子です。ほんと、わたくしって果報者……」

独り肩揉み棒の気持ちよさも相まって、感極まったか鈴乃の目からポロリと一筋涙がこぼれ落ちた。


翌日の正午近く。

源成は呉服《ごふく》橋御門近くの北町奉行所に行って、知り合いの同心を訪ねた。

「そんな申請はこちらでは扱ってはおらん。というよりも、どこの奉行所の部署にもないぞ」

内勤である添物書きの同心で、名を岡山東馬《おかやまとうま》という。内勤なので、いつきても在勤している。三十歳にもなろうかという男で、見るからにうだつが上がりそうもない風貌であった。同じ町奉行所の同心でも、定町廻りとは精悍《せいかん》さにおいて引けを取る。

「それは分かっております、岡山様。以前は、お目付様から書き付けをいただきました。それと同じく……」

「だったら、お目付様に頼めばよいではないか」

「いえ、そうしょっちゅう頼むわけには、というよりも以前はちょっとした事件が絡んでいたものですから書いていただけたのです。このたびの場合は、先に考えたという証が取れればよいこと……」

源成の言葉を遮ったのは、同僚の同心であった。

「おい、岡山。与力様がお呼びだぞ」

「すぐにまいります」

岡山は、振り向き同僚に返した。

「まあ、げんなり先生の言うことだ。お墨付きなんてのは奉行所からは出せんが、身共がその図面を預かっといてやる。おっ、二枚もあるのか」

「申しわけございません。よろしくお願いします」

岡山は、源成から受け取った独り肩揉み棒と床火鉢の図面を懐にしまうと、そそくさと奥へと引っ込んでいった。

源成の申し出を快く引き受けたというよりも、急ぎの用でのどさくさにまぎれてといってよい。

頼りないと思いながらも、断られるよりましだ。添物書役といっても、町奉行所の役人である。一介の町人よりかは、はるかに頼りになるだろうと源成は思った。いざとなったとき、書き付けはないもののこれで先駆者《せんくしゃ》として証が立てられる。これからは、大手を振って人々に知らしめることができるのだ。しかし、それは床火鉢だけで、肩揉み棒のほうは真似《まね》を抑止《よくし》するためである。

北町奉行所の門を出たところで、ちょうど正午《ひる》を報せる鐘の音が聞こえてきた。

「これからお伊代さんのところへ……」

訪ねてきて以来、伊代とは会っていない。父親の又兵衛と、喧嘩別れをしたようで、こちらから訪ねていくのもはばかりがある。

源成が、独り肩揉み棒の出来上がりを心待ちにしていたのは、こんな想いもあったからだ。

「たしか、神田明神下の旅籠町と言っていたな」

源成の家からはさほど遠くないところである。このときの源成は手ぶらであり、一度家に戻り、独り肩揉み棒を携《たずさ》えてから伊代のところに行く段取りをつけていた。

呉服橋を渡ろうと、源成が橋板に足をかけたところであった。

「ちょっと、お待ちください。失礼ですが、げんなり先生でございましょうか？」

振り向くと、下男風の男が立っている。

「左様ですが、わたしに何か？」

「奉行所の小間使いをしているものでして、岡山様から呼び戻してこいとの命令を受けまして……」

「岡山様からですか？」

今しがた会ったばかりである。それが、急遽《きゅうきょ》源成を呼び戻している。何の話だろうと首を傾げながらも、源成は下男のあとに従った。

再び、岡山東馬と向かい合う。

「あの肩揉みの図面が、与力様の目に触れてしまってな。これはなんだと訊かれて、独り肩揉み棒と言ったら、なんだか同じようなものの届け出があるぞということであった」

「なんですって？」

「いや、拙者《せっしゃ》にもよく分からんが、そんなことだ。それでも、ぜひ所望したいと申された。与力様は、酷い肩こりであってな……」

一本作るとなると、また幸太の手を煩わせなくてはならない。自分の一存では、返事のできぬことで、源成は思案の風を装《よそお》った。そんな源成の態度を気にかけることなく、岡山の語りはつづく。

「それとだ、お奉行様用にも一本頼むと言われた。だから、都合《つごう》二本いただけないか」

一本ならず二本か。だが、こうなるともう考えることもないと、源成の気持ちは前を向いた。しかし、すぐに返事はしない。

「どうした、駄目なのか？」

「あれは、作るのが大変でして。それに、先ほど申したとおり、売りものではなく……」

おおよそのことは岡山に話してある。

「それは分かっておる。だったら、こうしよう。与力様に言って、お墨付きを書いてもらうことにするが、それでも駄目か？」

源成は、この答えを待っていたのだ。

「それとなれば、仕方ないでしょうなあ。ですが、もうそれ以上は作りませんので、そこはよしなに。それと、作るほうがこれから暮れにかけて多忙となりますので、出来上がりは翌年かと……」

「ああ、分かった。ときがかかることは言っておく。だったら、頼むぞ」

ときの北町奉行は榊原《さかきばら》主計頭《かずえのかみ》忠之《ただゆき》である。奉行からお墨付きを取りつければ、もう願ったりである。

だが、源成の心の中には懸念が生じていた。

「いったい、誰が同じようなものを考えているのだろう」

独りごちながら、源成は呉服橋を渡る。

帰りしな、二本の追加注文を幸太に出すと、源成は肩揉み棒を取りに一度、湯島聖堂近くの我が家へと戻るのであった。

## 二

昼めしはいらないと鈴乃に言い残すと、源成は神田旅籠町へと向かった。

旅籠町へは二町と近い。その二町の源成は、軽い足取りであった。

「これをもっていけば又兵衛さんとお伊代さんは喜んでくれるだろうな」

おのずと独り言が口から出てしまう。

そうこうしながら、源成は旅籠町へと着いた。

「旅籠町でもどのあたりだ？」

神田明神下に位置する旅籠町は、飛び地となって広い。

「ひと回りすれば、見つかるだろう」

源成は、そう独りごちると旅籠町を一周することにした。しかし、屋号が分からない。旅籠町というだけに、界隈は旅籠が数軒あり、それを囲むように居酒屋とか煮売り茶屋が軒を並べている。

「きちんと、場所を聞いておけばよかった」

旅籠町の外周を一回りしても、伊代のいる店は見当がつかなかった。こうなると誰かに訊くのが常道である。それも、同業に訊くのがいいと、一番近くの古くからありそうな煮売り茶屋の暖簾をくぐった。軒からぶら下がる小さな看板には『うまい屋』と書かれてある。

「いらっしゃいませ……あっ」

店の奥からかかる声の主は、伊代そのものであった。入ってきた源成の顔を見て、伊代は一瞬驚く声を発した。

「あっ」

源成のほうも、驚いている。訊ねようと入った店が、まさか伊代のところとは。普段の心がけがよいと、こんなこともある。

外見も古そうだが、中も古い作りであった。客が十人も入れば満席になるような、小さな店である。そんな狭い店でも、源成が入ったときには、広く感じられた。それというのも、客が一人もいなかったからだ。

正午を半刻過ぎたあたりで、昼めしにはちょっと遅いか。だが、この刻に客が一人もいないというのはおかしい。しかし、源成としては他に客がいないというのはありがたかった。ゆっくり伊代と話ができると思ったからだ。

「いらっしゃいませ。ご注文は……？」

伊代の驚いた顔は一瞬であった。源成が卓の一席に腰をかけると、伊代がなんの表情の変化も見せずに注文を取りにきた。口調も、普段の客を相手にするような、素《そ》っ気《け》ないものであった。

――わたしのことを忘れたのだろうか？　いやそんなことはない。さっき、驚いた顔を一瞬見せた。

そんな思いが、源成の脳裏をよぎる。そんなほうに頭がいっているから、注文を訊かれてもすぐには答えられるものではない。

「壁に品書きが貼ってありますから、考えておいてくださいな」

なんとなく、怒っている口調にも聞こえる。

「はい、分かりました」

と、源成としては返事をする以外にない。そして源成は、壁に貼られた品書きに目をやった。

壁の修繕はしていないのか、ところどころ土壁が剝がれ、竹で組まれた木舞下地がむき出しになっている。

「いくら金がないとはいえ、ちょっとぐらいは手入れをしてもよさそうなものだが」

ぐるりと店の中を見回し、源成は小声で独りごちたところで、伊代から再び声がかかった。

「お客さん、お決まりですか？」

早いところ注文の品を決めてくれと、伊代は促す。名ではなく、お客さんと呼ばれては、源成の気持ちもいささか萎《しぼ》む。

「ちょっと、待ってください……」

焦る源成は、壁に貼られる一枚の紙に目がいった。そこには『うまい屋特製うまいそば竹輪入り一杯十六文』と書かれてある。うまいというところを強調して、朱赤の墨で丸に囲ってある。

「あの、竹輪入りってそばを……」

「うまいそば、いっちょー」

伊代は、厨房の奥に声をかけ、源成のそばから去っていく。話し合う間《ま》は、まったくなかった。次に伊代と接触するのは、そばを配膳されたときであろう。

「あれだけ素っ気ないのは、お伊代さんも怒ってるからだろうか。あのときは、そうでもなかったのに」

源成は二十日ほど前の光景を思い出す。たしかに父親の又兵衛は怒っていた。帰りしな、袖をつかんで無理やり立ち上がらせようとしたとき、伊代は拒むような仕草をした。あれは、まだ帰りたくなかったからだと、源成はずっと思っていた。しかし、きょうの伊代の態度を見ると、そうではなさそうである。やはり、父親の又兵衛を邪険にしたことを怒っているのであろうと、源成は取っていた。

「ならば、これを差し出しさえすれば……」

卓台に置いた風呂敷包みの中には、例のものが入っている。渡したときの様子が見えるようで、源成の顔はおのずと綻《ほころ》ぶのであった。

それから間もなくして、うまいそばが伊代の手によって運ばれてきた。

「おまちどおさま……」

とだけ言って、うまいそばの丼を卓の上に置くと去っていった。離れるたびに、厨房の奥へ引っ込むので、なかなか伊代の顔を拝《おが》むことができない源成であった。

「どれどれ……」

つゆが熱いと思い、口でふーふーしながら一口啜《すす》る。だが、冷ます必要はまったくない。端からつゆは温《ぬる》い。しかも、やけにしょっぱい。

一口つゆを啜っただけで、源成は客が来ない理由を知った。

「どこに竹輪があるんだ？」

丼の中を見たところ、つゆの中に蕎麦《そば》が浸《つ》かっているだけだ。おざなりに、葱《ねぎ》のみじん切りが浮かんでいる。しかし、竹輪は見当たらない。

すると、一箇所だけ丼の模様が違って見える。源成は、そこに箸《はし》の先をあてると、剝がれるものがあった。

「これか。しかし、よくぞこれほど薄く切ったものだ。窓を閉めておかないと、どこかにふわふわと飛んでいってしまいそうだな」

鉋で削《そ》いだのではないかと、源成は箸の先にぶら下がるものを見つめ、薄く切る技に感心する思いとなった。

「だが、これは竹輪の色ではないな」

竹輪にしては、色が白い。源成は、壁に貼られる品書きを再び目にした。よく見ると、竹輪と書かれた下に小さな文字で『ぶ』と記されてある。

「なんだ、竹輪麩か。まるで落とし噺《ばなし》みたいだ」

源成は、寄席で聞いたことのある、柳家喬之輔《やなぎやきょうのすけ》の『時そば』という噺を思い出した。

うどん粉を練っただけの竹輪もどきに、源成もさすがに気持ちを削がれる。それでも、空腹と伊代への想いが相まって蕎麦のほうを食すことにした。

つゆに浸かる蕎麦を箸でつまみ、口中に運ぶ。そこでズルズルと音を立てながら、一気に腹の中に流し込むのが江戸流の蕎麦の食い方である。だが、いつもの蕎麦とは食感が異なる。腹の中に収めようとする前に、咽喉《のど》に引っかかるものがあった。やたらぬたぬたと、口内にくっつく感じである。

「なんだか、そば粉を溶いて食ってるような感じだな」

源成は、一口でもって嫌気をさしたが伊代の手前、一念発起する思いで蕎麦を啜りつづけた。

最後の一口を我慢して呑み込む。

「ご馳走《ちそう》さまでした」

と、厨房の中にお追従の声を投げた。

「はーい、お粗末さまで……」

たしかに、蕎麦はお粗末だと源成は思うものの、口から出るのはまったく逆の言葉であった。

「おいしかったです」

――ああ、なんてことを言うんだろう。

言って源成は、自分自身が情けなくなる思いとなった。なぜ正直に『まずかった』と言えぬと、柔《やわ》な自分を心の内で叱《しか》った。

「そんなにおいしかったですか？」

伊代が首を傾げながら言う。

「お客さまのほとんどは、残していくのですけど。今まで、食べた方でも半分ほど。それを、全部食べたのはお客さまだけ。どこが、おいしかったのでしょうか？」

我慢して食ったとは言えぬ。だが、どこがうまかったのかと訊かれても、源成は答えるのに躊躇《ちゅうちょ》した。

「いや、それがその……」

「まずかったのなら、はっきりとおっしゃってください」

こんなことで、伊代と話をするつもりではなかった。だが、伊代から話しかけられれば答えなくてはならない。源成は、正直に思っていることを言うことにした。

「はい、たしかにまずかったです。ですから、もうはっきりと言います。なぜにこんなまずいものを出しているのです？」

逆に源成から問うた。すると、今度は伊代が口にするのをためらう。

三

どうせ客の来ない店で、暇である。

伊代は、源成の向かいに腰をかけると、堰《せき》を切ったように話しはじめた。

「わたし、こんなお店はしまおうと言ってるのです。今のお父っつぁんはどうせ料理など作れるはずはないですし……」

「なぜなのです？　昔は台所番だったと聞いてますが」

「ええ。もっとも、料理は下の方たちが作っていたらしいのですが、父も好きで一緒になって作っていたのです。ですから、料理は上手……」

「ならば、なんであんなまずいものを？」

当然の問いである。

「それがこの一月半ほど前から、どうも料理の味が分からなくなったらしいのです。甘いも辛いも分からずに……ですから、お客様も、めっきりと少なくなり、もう早くこの店を畳みたいとわたしは思っているのです」

客が来ると不機嫌な応対をするのは、二度ときてもらいたくないためであったと、伊代は語る。

「ならば、どうしてまだ煮売り茶屋をつづけているのですか？」

「それはわたしにも分かりません。ただ、味が分からぬ舌になったというのに、お父っつぁんがどうしてもあと半年はつづけなければならないと。どうしてかと訊ねたのですが、頑《がん》として教えてくれず。わたしは、半年も無理だと言ってるのですが……」

と、伊代が語ったところで厨房の中から声がかかった。

「これ、伊代。何をしているのだ、そんなところでぶっつぁりこんで……あっ、あんたは」

店と厨房を仕切る壁に、配膳用の窓があいている。そこから又兵衛の四角い顔がのぞき、源成の顔を見やっている。すると、すぐに窓から又兵衛の顔は消え、店へと姿を現した。

そして源成のそばに来て、口にする。

「おまえなんぞに娘はやらんぞ」

どうやら、源成が伊代を口説《くど》きに来たと取ったようだ。

「お父っつぁんたら……」

父又兵衛の、いきなりの言い出しに伊代の顔は赤みをもった。

源成は風呂敷包みに手をやった。

「まあ、そう言わずにこれを見てやってください」

おもむろに源成は風呂敷包みを開いた。

「おっ、これは？」

「はい、これが独り肩揉み棒です」

「ということは、わしにくれるというのか？」

「そのために、おもちしました。この前うちに来たとき、かなりお怒りになったのが気になりまして、職人さんに言って特別に作っていただきました。どうぞ、使ってみてください」

手を差し出しながら言う源成を、伊代が潤む目で見つめている。そんな視線に気づくことなく、源成は又兵衛の悦にいる姿を見ていた。

独り肩揉み棒の先っぽを肩にあて、ゴリゴリと圧す又兵衛の顔は、悦の境地に入っているようだ。

目を瞑《つむ》り、一心不乱にこりのある患部に丸玉を転がす。

「うーっ」

「お父っつぁん、気持ちよさそう。わたしにもやらせて」

悦に入る又兵衛を見て、伊代が手を差し出す。

「ちょっと待ってろ。それにしても、気持ちいいもんだな。これには、まいった」

肩ばかりでなく、背中にも腰にも届く。首から、腰椎《ようつい》まで圧して痛気持ちよいところを探りながら圧迫できる優れものであった。

「ここは、かなり痛い」

顔をしかめながら、又兵衛は首の上部にある舌本《ぜっぽん》という壺に丸玉をあてている。

「こいつは、効く……うーっ、痛い」

痛気持ちいいを通り越し、又兵衛の顔は苦痛で歪んでいる。

「そんなに痛いの、お父っつぁん」

心配そうな顔をして、伊代が訊いた。

「なんだか知らんが、ここを圧すと堪らなく痛い」

「ならば、あまり強くは圧さないほうがよろしいのでは」

圧しすぎるのも毒だと、源成は説く。

「ああ、そうだな。それにしても、よく効くなこれは。あー、楽になった」

首を回し、肩を上下に動かしながら又兵衛は言う。そして、独り肩揉み棒は伊代の手に渡った。

「お伊代さんも肩がこるのかい？」

「ええ、わたしもお父っつぁんに似たのか、肩こりなの」

「へえ、若いのに珍しいな」

「肩こりに、若いもへちまもないだろ。だから、毎晩伊代と肩の揉み合いっこをしているのだ。だが、これさえあれば……」

「今夜からやらなくてもいいわね」

ここの家でも、毎晩のように左衛内と鈴乃がしているようなことがおこなわれていたのだと、源成は揉み合うその姿を想像した。

「……親とはいえ、又兵衛さんが羨《うらや》ましい」

誰にも聞こえぬほどの呟き、と思ったのだが。

「何が、羨ましいのだ?」

呟く声が又兵衛の耳に入ったらしい。

「いえ、なんでもありません」

手を振って源成が惚《とぼ》けるそこに――。

「あーっ。気持ちいい」

なんとも艶《なまめ》かしい、伊代の嬌声《きょうせい》が聞こえてきた。

「伊代、娘が昼日中そんな声を出すのではない」

「だってお父っつぁん、気持ちいいのは仕方ないでしょ。あぁーっ」

父親のたしなめに、伊代はうっとりとした目を向ける。その艶かしさに、親である又兵衛もたじろぎを見せた。

「あーっ、ここ、ここ」

自分でこりの患部を探しながら、伊代は悦に入る声を出したところであった。

「ごめんよ……」

と言って店に入ってきたのは、遊び人風の二人連れであった。

その二人の顔を見た瞬間、又兵衛は驚く顔となったが、源成と伊代が気づくものではなかった。そして又兵衛は、そそくさと厨房の奥へと引っ込んでいった。

「あっ、いらっしゃいませ」

今しがた嬌声を発していた伊代の声は、元へと戻った。独り肩揉み棒を卓に置いて、客の応対をする。

「悪いな、客じゃねえんだ。主人はいるかい？」

「はい、おりますが。ちょっと待ってください」

どうやら、又兵衛に用事がありそうだ。

これを機に源成はここを辞そうと、伊代に声をかけた。

「お伊代さん、勘定……」

「十六文いただきます」

銭を支払い、またどうぞと伊代の声を背中で聞いた。

伊代が厨房に引っ込み、源成は戸口の遣戸を開けたところであった。

「煮売り茶屋とは、考えやがったな……」

遊び人たちの話が、ふと源成の耳に入ったが気にもすることなく家路についた。

源成が店から出たあとのこと。

「伊代、ちょっと醬油《しょうゆ》を買ってきてくれないか？」

伊代には聞かせたくない話らしい。

「分かりました……」

訝しげな顔をして、伊代は出ていく。

そして、そのあとのこと。誰もいなくなった店先でのこと。

「お前らとは縁を切ったのだ。ここには来ないでくれと言っただろうが」

又兵衛が、憮然とした態度で男二人を睨《にら》みつける。

「そうはいきゃせんぜ。ちゃんと、何を守ってくれてるかどうか見てこいと、頭に言われてますんでね」

「ああ、ほとぼりが冷める半年先には必ず渡してやる。それまで待ってろと、次郎左に言っとけ。それと、悪事は大概《てえげえ》にしろともな」

「頭にはそう言っときますぜ。それまで、へんな真似をしねえでくだせいよ」

「ああ、分かっている。心配しないで、早く帰れ。早くしないと、娘が帰ってきてしまう」

「分かりやしたぜ。それじゃあおれたちは行きやすから……あと半年、頼みやしたぜ」

男の一人が、念を押す。

「くどい」

又兵衛が、武士の言葉で返した。

暖簾を分けて、男二人が出ていく。

「……あと半年か、早く嫁がせんと」

又兵衛の、呟きであった。

「お父っつぁん、ただいま。醤油を買ってきたわ」

伊代が戻り、うつむいて考える様子の又兵衛に声をかけた。

「今出ていった人たち誰？」

「いや、なんでもない……」

と言って又兵衛は、醤油の入った徳利を受け取ると、厨房の中へと入っていった。

「あのおやじ、だいじょうぶだろうか？」

「ああ、変なことをしたら、自分だって危ねえんだ。それまではこっちも辛抱《しんぼう》ってことだ。そして半年後にゃ娘もろとも……」

うまい屋から出ていった男二人の会話であった。

それから三日ほどが経った、その日の八ツ半ごろ。

突然伊代が源成のところに訪ねてきた。

「ごめんくださいませ……」

伊代の言葉遣いは、武家娘と町人娘が半々となっている。外に出るときは、武家娘となって、言葉が元へと戻る。

「源成。いつぞやいらしたお伊代さんがおみえになりましたよ」

応対に出たのは鈴乃であった。なんの用事だろうねえといった、興の乗る顔が源成に向く。

「えっ、お伊代さんが……？」

「ええ、そうです。どうします、こちらにお通ししてよろしいの？」

「そう願えますか」

独り肩揉み棒のお礼だと思えるものの、もしそれであったら又兵衛も一緒のはずだ。または、又兵衛独りで来るのが妥当《だとう》であろう。となると——少しばかり、考えすぎる源成であった。

ドキンと源成の胸が高鳴る間にも、そそとした足音が聞こえてきた。

「源成、お連れしました」

障子の向こうから、鈴乃の声が通る。

「どうぞ……」

部屋の隅に、ちょっと卑猥《ひわい》な黄表紙が置いてある。源成は、障子が開く前に文机の下に咄嗟《とっさ》に隠した。

伊代が、恥じらいを顔に浮かばせて入ってきた。

「ところで、何用で来られましたので？」

「それでは、お茶をおもちしましょう。どうぞ、ごゆっくり」

二人にしておこうと、鈴乃が気を利かす。

「申しわけありません」

伊代の詫びを背中に聞いて、鈴乃は部屋から出ていく。障子を閉めるときに、幾分ためらいを見せる。二人で何を語るのかといった関心を宿し、鈴乃は仕方なさそうに障子戸を閉めた。

## 四

母親がいなくなり、部屋の中は二人きりとなった。

気持ちのやり場がつかず、源成がゴホンと一つ咳払いをした。

「先日はありがとうございました」

正座をしていた伊代が、いきなり畳に手をつくと丁寧に拝礼をした。

「どうです、あの独り肩揉み棒は……？」

「はい、とってもいいと父も気に入ってます。それでそのことで、お話があってまいりました」

「そのことで、話が……？」

なんだろうと、源成の表情は怪訝なものとなった。

「げんなり先生の、おかげかも……」

にわかに伊代の声が明るくなった。そして、言葉も町娘のものとなる。

「おかげかもって、なんです？」

「父……いえ、お父っつぁんの舌が治ったらしいのです」

「又兵衛さんの舌が治ったって？」

「はい。作る料理がおいしくなったのです」

「……おいしくなった？」

なぜだろうと源成は、顔を天井に向けて考える。するとそのとき、思い当たる節が脳裏をよぎった。

——あのとき又兵衛さんは、舌本という壺に肩揉み棒をあてて痛がっていた。

源成も、多少は体の急所について心得がある。首の後ろにある舌本という壺は、気持ちを落ち着かせたり、鼻腔の障害に効果があるといわれている。それが、舌の病にも効果があるかどうかまでは源成には分からなかったが、あちらこちらの壺を刺激することによって、療治を施したのだと源成は取った。

「おそらくですが、独り肩揉み棒で痛いところを圧すうちに、効果が表れたのでしょう」

「そんなことで、お父っつぁんも一緒にお礼をと思ったのですが。お父っつぁんからの伝言と、わたし独りの気持ちを伝えたくて……」

独りで来たのだと、伊代は恥じらう顔を源成に向けた。

「げんなり先生、わたし先生のことが……」

ちょっと、伊代の声が艶っぽくなったところで、コホンと一つ咳払いが障子の向こうから聞こえてきた。

「入ってよろしいですか？」

「どうぞ、入ってくだされ。母上……」

ちょっと頬を赤らめる伊代の顔に、鈴乃はためらいを見せるものの、黙って湯呑を二人の前に置くと、すぐに部屋をあとにした。

ぴしゃりと障子戸が閉まる音を聞いて、伊代の口が再び動いた。

「わたし、先生のことが……」

――うん。先生のことが、なんだ？

「偉いなあと思いまして」

敬服をするような、伊代のもの言いであった。

「……偉いなあって」

小さな、源成の呟きであった。

「そんなことでわたし、先生をす……」

そのときまたも、障子の外から邪魔をする言葉がかかった。

「源成、又兵衛さんがおこしになりましたよ」

「えっ、お父っつぁんが？」

首を傾げて言ったのは、伊代であった。

「どうぞ、お通ししていただけますか」

源成が返すと同時に、障子戸が開いた。

「どうぞ、お入りください」

と、鈴乃から促され、又兵衛がずかずかとした足取りで入ってきた。

これで、またも伊代の言葉が肝心なところで遮られる。

「いらっしゃいませ」

又兵衛の顔色を見ると、血色が以前会ったときよりかなりよくなっている。

「ずいぶんと、お顔の色がよろしいようですね」

すると、座りざまに又兵衛が返す。

「げんなり先生、独り肩揉み棒のおかげですか、にわかに体が楽になりまして。それにしても、あの肩揉み棒はたいしたものですな」

「それは、よかったです。差し上げた甲斐もありました」

「そんなことで、娘の伊代を使いに出したのですが、やはり自らの口で礼を言わねばと思いまして……」

「そうですか。それはわざわざ……」

「それで、げんなり先生には何をお礼にしたらよいかと思いまして」

「そんな、礼なんぞ……」

いりませんよと、遠慮しようとしたところで、又兵衛に言葉を遮られる。

「どうやら先生は『うまいそば』がお好きなようで。娘から聞きましたよ、おつゆまで飲んでくれたとか。ぜひ、こんどまた食べに来てくださいな。なんでもご馳走しますから。今のところそんなものしか礼はできませんが」

できれば、源成としては遠慮したい申し出である。口には出さぬが、はっきりいってまずい。

「本当に、おいしくなったのですよ」

源成に聞こえるほどの声で、伊代は語りかけた。

「へえ、そうですか」

伊代の、真顔のもの言いで、源成はにわかに信じる思いとなった。

「手前の言いたいことはそれだけでして。夕方の仕込みがあるので、それではこれで失礼を。さあ、伊代も行こうか」

「はい、お父っつぁん」

言って伊代は、ゆっくりと腰を上げた。

「ちょっと、待ってください」

二人が部屋から出ていこうとするのを源成は止めた。

「はい、なんでしょう?」

返事をしたのは、伊代であった。

「すいません。こちらから又兵衛さんに訊きたいことがあったのでした」

源成の用事は、又兵衛にであった。

「はて、訊きたいこととはいったいどんなことで？」

立ち話でもって、源成と向き合う。

「どうして味も分からずに、まだ煮売り茶屋なんぞつづけているのです？　まあ、舌が治ってよかったですけど」

「えっ、どうしてそのことを？　……知っていたのか」

娘以外に誰にも話していないことを、源成が知っている。又兵衛の顔は、伊代に向いた。

「伊代、おまえが話したのか？」

「はい、お父っつぁん。ごめんなさい」

「どうして、そんな余計なことを言ったのだ？」

「お父っつぁんには、もう煮売り茶屋は無理だと思い、やめさせたくて。現に、お客さまなんて来ないでしょうに。ここにきてまずくて、汚い店とあってはやるだけ損。わたしも、どうしてお父っつぁんが、めし屋をつづけるのか理由が分かりません」

「理由など、おまえが分からなくてもいい」

このとき又兵衛の様子から、源成は深い理由があると感じた。しかし、所詮《しょせん》は他人さま個人のことだ。源成はこれ以上立ち入ってもわるいと、黙っていることにした。

「いや、もうだいじょうぶだ。これからは、屋号に恥じぬほどにうまいものを作りますから、ぜひまたいらしてくだされ」

「分かりました。こんどはゆっくりと、うかがわせていただきます」

源成はこのとき考えていた。次に訪れたときは、はっきりと申し出よう。それで、晴れて所帯をもつのだと心に決めたのであった。

そんな源成の想いを知ってか知らずか、又兵衛と伊代の父娘は平賀家を辞した。

「……それにしても、あの独り肩揉み棒はそれほど効くのか？」

独りごちながら、源成は二人のうしろ姿が消えるまで見送るのであった。


その翌日のことであった。

源成の宿敵、万太郎がうまい屋に顔を見せた。

応対したのは、店にいた又兵衛であった。独り肩揉み棒で、ゴリゴリとやっている。

「おう、万太郎さんかい。そばを食いに来たのか？」

あんなまずいものが食えるかと思う万太郎が来たのには、別の目的があったからだ。

「ええ……」

と一言返した万太郎の目は、又兵衛のもつ独り肩揉み棒に向いている。

「ところで、ご主人が手にもち肩をぐりぐりしているのは、それが独り肩揉み棒ってやつですか？」

以前、話には聞いているが、万太郎が目にするのは初めてであった。

「そうだ。これが独り肩揉み棒ってものだ」

「それが、この間話していた独り肩揉み棒。初めて見るものだけど、どこで売ってるんです？」

「いや、売ってはいない」

「売ってないというと？」

「いや、このことは誰にも話さないでくれと言われてるので……それじゃ、わしはそばを作りに」

と言って、又兵衛は厨房の中へと入っていった。

万太郎の顔が、伊代に向く。

「お伊代ちゃんと言ったね。あれはいったい誰が作ったのだい？」

知ってはいても、万太郎は惚《とぼ》けて訊く。

「いえ、言えません。あしからず……」

と、そっけない返事をして伊代はその場から立ち去る。

このとき万太郎の頭の中には、自分と同じ年の、童顔が浮かんでいた。

何を考えるか、万太郎。吊りあがった目を細め、遠くを見やるような目つきとなった。

――なるほど、こういう形だったか。

顔には、不敵な笑みが浮かんでいる。

「……源成の奴、思い知れ」

ふふふと笑いを漏らし、万太郎が独りごちたところで、伊代の声がかかった。

「うまいそばができました。熱いですから、気をつけてくださいね」

と言って、卓の上に丼を置いた。湯気の出る器に、正真正銘の竹輪の輪切りが浮かんでいる。しかも、厚切りである。

万太郎はいやいやながらも伊代の手前、丼を両手でもつと、一口つゆの味を試した。

すると――。

「うまい！」

思わず、驚嘆の声を発する。

「おいしいですか？　よかった」

卓の脇に立つ伊代が、ほっと安堵《あんど》の声を漏らす。

「ところで、お伊代ちゃん。こんなにうまくなったってのは、なんでだい？」

以前食したときは、一口も入れられなかった。それを、伊代も知っている。

「それが、一月半ほど前から味覚を感じなかったお父っつぁんの舌が、治ったのです」

「味覚を感じなくて、煮売り茶屋を出してたのか？」

「ええ、無謀でしょ」

「それで、なんで治ったのだい？」

「あの、お父っつぁんがもっている棒の……いえ……」

「いえって、言ってはいけないことなのか？」

「作った人に言われてますので」

うっかり口が滑《すべ》った伊代は、困惑気味の顔となった。

「お父っつぁんがもっているあの棒のことを、独り肩揉み棒って言ってたが、もしかしたらげんなり先生って人が考案したものではないのかい？」

源成の名を出して、万太郎がたしかめる。

「………」

はいともいいえとも言えない伊代の口が閉じた。

「……やっぱりそうだったか」

伊代の口から返事がないのを図星と取った万太郎は、箸先を丼のつゆに浸けると蕎麦を食しはじめた。そして、つゆまで呑み干し空になった丼を卓の上に置く。

「あー、うまかった」

一滴もつゆの残らないところに、うまいそばが以前と味が変わった証があった。

「まあ、きれいに食べていただいたこと」

伊代の感慨も一入《ひとしお》であった。

又兵衛は厨房から出ると、万太郎のもとに近づいた。相変わらず、肩揉み棒を片手で握り肩のこりをほぐしている。

「いや、おいしかったです」

ご馳走さまと礼を言ったものの万太郎はもう、蕎麦のことには関心がない。気持ちは独り肩揉み棒のことにいっている。

「本当にその棒、気持ちがよさそうですねえ」

「ああ、こんなに気持ちがいいものはない」

「それってのは、げんなり先生が考案したものでしょ？」

「げんなり先生を知っているんで？」

「ええ、ずっと以前から……」

すでに万太郎には、口調とは裏腹な邪心が奥底に芽生《めば》えている。

——源成にはいつも辛酸を舐《な》めさせられてるからな。

源成への、万太郎の敵愾心《てきがいしん》が鎌首をもたげる。

五

数か月前、源成が考案した自動番傘紙貼機を、万太郎は旗本の川崎鶴巳《かわさきつるみ》らと組んで自分たちのものにしようと画策した。真似て作ったものが売れて、一度は日の目を見たものの、最後は挫折に終わった。その咎めが降りかかり、万太郎は百叩きの罰を受けた。今は、金沢町の実家に住まい、日がな一日をぶらぶらしている。

今の万太郎は、ほとんど銭をもっていない。以前に来たとき、掏《す》られた五両云々《うんぬん》は、万太郎の作り話であった。持ち前の見栄張りがそうさせていた。

万太郎は模索していた。

――何か、金の成る樹はないものか。

と。だが、欲ずっぽの頭では、なかなかいい案が思いつかない。

そんな折、降ってきたのが又兵衛の話す独り肩揉み棒のことであった。

その現物が、今目の前にある。

ゴクリと生唾を呑んで口にする。

「手前もかなり肩こりでして……」

「そんなに若いのに……ああ、気持ちいい」

返事をしながらも、悦にこもる声が又兵衛の口から漏れる。

「ちょっとばかり、貸していただけませんか？」

「いや、これは他人には渡せないものだから」

頑《かたく》なに、源成との約束を守ろうとする。だが、万太郎の次の言葉で、又兵衛の手から独り肩揉み棒は離れることになる。

「肩こりからか、頭がガンガン痛くてたまりません」

言って、万太郎はうしろ首を揉んだ。

まさに口八丁が万太郎の特技といえる。

「それほど言うなら、少しだけだよ」

「ええ、すぐに戻しますから」

少しだけならいいだろうと、独り肩揉み棒は又兵衛の手から万太郎に渡る。

ためつすがめつ、万太郎は独り肩揉み棒を見やり、頭の中にその構造を写し取る。

そして、自分の肩にあてて揉みはじめた。

「うっ、痛気持ちいい――」

「そうだろう」

言って又兵衛は、万太郎の顔をのぞきこむ。

「これは、いいな。あーっ、堪らない」

「誰でも言いますよ、一度揉んだら堪らないってな」

このとき万太郎は、別のことを考えていた。

――源成はこれを売りに出さないと言ったらしいな。だが、これは売れるに違いない。

それにしても欲のない奴だ。

発案の手がかりさえ見つかれば、万太郎は容易に作ることができる。手にもつ肩揉み棒を雛形にして、真似て作ればいいことだ。しかし、細かなところの構造がどうしても分からない。

「あのう、頼みがあるのですが。手前の父親が酷い肩こりでして、どうか一日だけでも貸していただけないですか？」

哀《あわ》れみを請うように、万太郎は口説《くど》く。又兵衛は、しばらく考えたものの情にほだされ返事をする。

「一日だったらかまわないだろう」

「お父っつぁん……」

伊代が制止するのも聞かず、又兵衛は万太郎に向けて小さくうなずいた。

「あした、必ず返しに来ますから」

そういい残すと、万太郎は独り肩揉み棒を手にして、うまい屋をあとにするのであった。

翌日、約束どおりに万太郎は肩揉み棒を返しに来た。

「どうもこいつがないと、一日が落ち着かないな」

と言って、又兵衛は万太郎から返してもらった肩揉み棒を、肩のこりにあてた。

「あれ？　どうもおかしいな」

きのうまで感じていた、コリコリ感がない。先端が抜けた感じで圧しが弱くなっている。

先端の丸玉を見ると、中に引っ込んでいる。患部を圧す個所で、重要な部分である。そこが、損傷をきたしているようだ。

「申しわけありません。手前の父親が使っているうちに、どうやら壊れてしまったようで……このとおりです」

万太郎は、土下座をして謝った。そして、顔を上げて言う。

「おそらく、作りが華奢《きやしや》であったものと……」

しかし、そうではない。万太郎は、肩揉み棒を解体して構造を調べていたのであった。それを、華奢な作りと言いかえたのである。

「ああ、せっかく頼み込んで作ってもらったものを……」

又兵衛と伊代の落胆振りは、見ていても気の毒なほどである。万太郎は立ち上がると、がっかりとする父娘に向いた。

「そんなに落ち込むことはありませんよ」

顔に薄笑いを浮かべながら言う。

「なんだって？」

「手前が作って差し上げます。ですが、少々ときをいただければ……」

「そんなことができるのかい？」

又兵衛も、半信半疑である。

「こんなものなら、簡単にできますよ。それと、これを大量に作って売れば、どんなに儲かるか」

「ですが、これを発案したげんなり先生は、売れないと言ってたが……」

「それは、他人に真似をされないための方便です。こういうものは、誰が考えたかではなく、先に売りに出した者のほうが勝ちですからね」

「そういうものなのかい？」

「お父っつぁん……」

万太郎の話に引きずり込まれていく又兵衛を、伊代が制した。しかし、万太郎の饒舌《じょうぜつ》はさらにつづき、さらに又兵衛の気持ちを刺激する。

「手前なら、これを大量に作って売ろうと思います。肩揉み棒を壊したお詫びと、手前が売っていることを黙っていてくれたら、儲けの幾ばくかを差し上げることができますが。それと……」

万太郎の声音がにわかに小さくなり、又兵衛の耳に口が寄った。

「お伊代さんをぜひ手前の嫁に……」

いかがでしょうかと、又兵衛の顔をのぞきこむ。

「よし、分かった。約束しよう」

二つ返事の又兵衛であった。

「そんなこと、できるわけないじゃない！」

又兵衛の返す言葉に、怒鳴る口調で声を挟んだのは、伊代であった。そして、つづけて言う。

「お父っつぁんは、げんなり先生を裏切ることになるのよ」

「だが、万太郎さんの言うこともっともだ。こんないいものを独り占めして、遠慮しているほうがおかしい。世のため人のためになるって、偉そうなことを言うのなら、なぜにどんどこ作らないのだ」

又兵衛の気持ちはかなり万太郎に傾き、伊代はそれ以上口を挟める術《すべ》を失った。

――ごめんなさい、げんなり先生。

心の内で謝るも、脳裏では遠ざかる源成の姿を思い浮かべていた。

　万太郎が大量に作って売りに出し、又兵衛にも儲けの一部を差し出すという約束を交《か》わしたその翌日から、又兵衛の作るうまいそばは、またも元のとおりまずいものとなった。

「どうしてお父っつぁんは、せっかくうまくなったうまいそばの味を元に戻すの？」

「いや、これでいいのだ。客など来なくたって、そのほうが都合がいい……まあ、それはどうでもいいではないか。それよりお前、万太郎って人の嫁にどうだ？」

　話をはぐらかすように、又兵衛は話題を変えた。

「いや、なんだかあの人怖そう」

「怖いってな、それは娘の目から見たらそうかもしれない。だがな、ああいうやり手の男ってのは、得てしてそういうものだ。源成などという、あんな柔な男とは違う」

「でも……」

　伊代が反論しようとしたところであった。

　ガラリと音を立て、戸口の遣戸を開けて入ってきたのは、噂に上っていた源成であった。

「いらっしゃい」

　心なしか元気のない伊代に、源成の首が幾分傾く。又兵衛と向かい合って深刻な話をしていたのか、向いた伊代の目には潤むものがあった。

無言で厨房に行く、又兵衛の態度も気にかかる。

「どうかしたのかい、お伊代さん？」

「いえ、なんでもありません……それで、ご注文は？」

うまいそばがうまくなったから、先日はご馳走すると言っていた。しかし、このときの伊代のもの言いは、単なる客の応対となんら変わらない。

「ええ、うまいそばを……」

「かしこまりました。少々お待ちを……」

恩を着せるわけではないが、ずいぶんと他人行儀のもの言いだと、源成は思った。

「……なんだかおかしいな」

それからしばらくして、うまいそばが運ばれてきた。

「お待ちどおさま……」

卓の上に、うまいそばの丼が置かれる。見た目は以前に源成が食したものと変わりない。

「まあ、見た目は変わらんだろうな」

源成は、箸立てに挿さっている箸をつかむ前に、丼を両手でもち一口つゆを啜った。

「うわっ、なんだこれは……？」

先だって食したものより、さらに塩っ辛い。つゆをよく見ると、色が濃くなっている。とても、我慢してまで食えるものでない。箸をもつまでもなく、源成は丼を卓に置いた。

「……ちっともうまくなってない、というよりも前よりも酷くなってる」

いったいどうしたことだと、源成は考えるも答えなど知れようがない。ただ、何かあったことはたしかである。

源成が卓に肘《ひじ》をつき、考えているところに又兵衛が近寄ってきた。ほとんど手つかずの丼を見ても、それについては又兵衛のほうからは触れずにいる。むしろ問うたのは、源成であった。

「又兵衛さん、この味は……？」

いったいどうしたことだとまでは、言わずとも通じる。

「げんなり先生、舌のほうが元に戻ってしまった」

このとき伊代は厨房の中にいて、二人の傍にはいない。

「えっ、なぜです？」

「それは分からぬが、いっときよくなったのは、どうやら肩揉み棒のおかげではなかったみたいだ」

又兵衛の虚言《きよげん》は、いささか源成の意気を消沈させた。それと同時に伊代に向けての決心も、どこかに吹き飛ぶ。

「左様でしたか。それでもこの店はつづけるのですか？」

「ああ、細々とだがやっていくつもりだ」

こんなにまずいものを売っていては、細々どころではなかろうにと思ったところで、さらに源成の気持ちを奈落《ならく》に引き落とすような言葉が、又兵衛の口から放たれる。

「伊代をある男のもとに、嫁がせようかと思っている」

ある男といった以上、源成のことではないはずだ。

もう差し出がましいことを言うのはよそうと源成は口を閉じた。そして、無言で十六文を卓の上に置く。

「銭はいらないから、しまってくれ」

「いえ……」

源成は首を振って立ち上がると、そのまま戸口へと向かった。遣戸を開けても、もうしろから声はかからない。もう二度とここに来ることはなかろうとの思いで、源成は外へと出た。そして、十間も歩いたところであったか、うしろから呼び止める声がかった。

「げんなり先生……」

振り向くと、そこに伊代の顔がある。

「ごめんなさい……ただ、それだけを言いたくて……」

伊代の声はくぐもるものであった。目に涙を溜《た》め一言詫びを言うと、伊代は踵《きびす》を返し戻っていった。源成は返事をする間もなく、ただその場に佇《たたず》むだけであった。

六

源成、失意のうちに十日ほどが経ち、暮れも押し詰まった日の朝。

大工丸長の脇棟梁である三治が、職人を数人引き連れてやってきた。中には、畳職人もいる。

「ようやくできやしたんでね……」

床火鉢の施工に来たのであった。

　傘貼りの仕事部屋である、六畳の間を改良し床火鉢を据える工事であった。

　一畳の大きさの箱が二基、半間《はんけん》の間を開けて床に埋め込まれる。箱はたっぱは六寸ほどと、さほど深くはない。床火鉢の部分は板の間となり、床部が半分蓋となって開閉ができる仕組みになっている。

　灰がらを敷き詰め、熾《おこ》した炭や炭団を入れれば、銅板を通して尻が温かくなるという寸法である。

　朝からの工事は、西の空が茜《あかね》色に染まる夕七ツ半ごろまでかかり、完成をみた。

　畳の配置は変わった形となり、左衛内と鈴乃が座る部分が板の間となっている。さっそく炭を熾し、床蓋を開けて灰がらに埋め込むように入れてから蓋を閉めた。

　左衛内が板間に座って様子をみる。

「温かくならないな」

「そんなすぐには温まりませんよ」

　源成が、顔に笑いを浮かべて言った。

　それからしばらく経ったところで、左衛内の顔が緩《ゆる》みはじめた。

「おっ、なんだか尻が温かくなってきたぞ」

「本当ですか？」

源成が、床に手をあてるとたしかに温かい。

「おい、火事にはならんだろうな」

一番の心配は、そこにある。

「それはだいじょうぶでしょう。さっき三治さんが、作ったあとに燃えた炭で幾度も試してあると言ってましたから」

「そうか、ならば安心だな。だが、このままずっと座っていると、尻が痛くなるな。座蒲団は使えんのか？」

「使えますよ。座蒲団が、ほかほかしてきますから」

「おお、そうか。そいつはいいな」

とにもかくにも、床火鉢においては成功をみた。あとのことは、長次郎のところに任せることにして、源成の頭の中では床火鉢は落着となった。

そして年が明け、文政五年となった。

一つ齢を取り、源成は数え二十四歳となる。

「源成も二十四になるか。どうだ、いい娘はおらんのか。そうだ、又兵衛のところのお伊代とかいったな。あの娘などどうなんだ？」

正月の膳の、屠蘇《とそ》を呑みながら左衛内が問うた。

「ええ、まあ……」

伊代のことは忘れたいと、源成は答えをはぐらかす。

「よいと思ったら、わしから話をもちかけてやるぞ。又兵衛の奴も、肩揉み棒では喜んでいるだろうからな」

「いえ、父上が出ていかれたら、二十四にもなってだらしないと思われますので……」

「自分で言えぬほうが、もっとだらしないぞ」

「ええ、心得ておるのですが。ですが、お伊代さんにはどなたかおりますようで」

「そうだったのか、それでは仕方あるまいな。まあ、誰でもいいから早く連れてこい」

「分かりました。それよりどうです、床火鉢は？」

源成としては、伊代のことはあまり触れたくない話題である。それとなく、話の矛先を変えた。

「おう、おかげでこの冬は快適にすごせるぞ。あの上に寝転んでいると、まるで春が来たようだ。鈴乃など、座りながらうとうとしておった。ただ、炭や炭団代がかかるのが難点だがな」

「それは多少は仕方ないでしょう」

そこに鈴乃が、熱燗がつけたと盆に載せて運んできた。

穏やかな、年の幕開けであった。


その穏やかさが一変したのは、松の内が明けてから数日ののちであった。

その日の朝、源成は北町奉行と与力の独り肩揉み棒を取りに、竪大工町の大工丸長のもとに赴《おもむ》いた。暮れの内は忙《せわ》しく、幸太は正月の間に作っておくと言っていた。

正月気分も抜け、世の中は動き出している。作業場の中から、忙しない大工仕事の音が聞こえてくる。多忙のところを邪魔しては悪いかと思いながらも、源成は遣戸を開けた。

「ごめんください」

と、誰にともなく声をかけるも、一心不乱で鑿や玄能を扱う職人に振り返る者はいない。源成は、戸口の傍に立って黙って仕事ぶりを見やることにした。

しばらくして、源成の存在に気づいたのは、独り肩揉み棒を作った幸太であった。

「あっ、げんなり先生かい」

幸太の表情を見た瞬間、源成は訝しく思った。顔をしかめた表情は、機嫌が悪そうである。それを源成は、仕事の上でのことだと取った。だが、次の幸太の言葉で考えが覆《くつがえ》される。

「先生はここに、知ってて来たのか、知らねえで来たのかどっちだい？」

口調も、いつもとは違っている。いきなりの幸太の問いに、源成もたじろぎをみせる。

「えっ、いったいなんのことです？」

「その様子じゃ、知らねえで来たみてえだな」

「ええ、さっぱり。何があったのですか？」

源成が問い返したところであった。

「そいつはあっしから話すから、幸太は仕事をつづけてろ」

いつの間にか、長次郎が奥から出てきていた。

「へい、分かりやした」

親方に返事をしてから、幸太はもち場に戻る。

「げんなり先生、ちょっと上がってくれねえかい」

長次郎の表情も、穏やかそうでない。親方の部屋での話となった。

「先生は、独り肩揉み棒ってのが、出回っているのを知ってるかい?」

「なんですって?」

「やっぱり、知らなかったですかい。まあ、出回っているといっても、まださほどではねえだろうが。うちの職人が、現場でもって左官屋が使っているのを見たって言ってましてね」

「左官屋に渡した覚えはありませんが。作ったのは今のところ四本で、うちの両親と親方に。それと……」

と言ったところで、源成の言葉は詰まった。又兵衛のところと言おうとして、考える。

「……まさか?」

「まさかってなんです。心当たりでもあるのですかい?」

源成の呟きを耳にして、長次郎が問うた。

「いえ、そうではないのですが……」

言葉をはぐらかして、源成は考える。まさか、又兵衛と伊代が裏切ることはないと――。

「たしかげんなり先生は、作っても売りに出さないとか言ってやしたよね」

「ええ、言いましたが」

「すると、誰かも同じものを作っていたってことか。そっちのほうは売りに出したと……そんなことになるのですかねえ」

「いや。おそらくそれは、誰かが真似をして作ったものでしょう」

「作ったのでしょうって、いやに先生は落ち着いていやすね」

「ええ。お奉行様に、お墨付きを頼んでおりますから」

北町奉行と与力の分は、これからもって行くところである。それを取りにきたのである。

源成が落ち着いていられるのは、そのことがあるからであった。だが、思いが又兵衛と伊代におよぶと、源成の顔はにわかに曇りをもった。

両親と長次郎、そして幸太が誰にも言わなければ……いや、たとえ話したとしても、見たり聞いたりしただけではそう簡単には作れるはずはない。

――となると、又兵衛さんが誰かに渡したのか。

考える源成に、長次郎の声がかかった。

「どうかなすったかい？」

「いや……もう、お奉行様たちの分は、できていますでしょうか？」

「ああ、できているって幸太は言ってた。それにしても、お奉行様に使ってもらうなんてなあ、たいしたもんだ」

「そうですねえ」

同じものが世の中に出ているのが気にかかるものの、長次郎の言葉に源成は笑顔で返した。

出来上がった独り肩揉み棒を幸太から受け取ると、源成は呉服橋御門近くの北町奉行所へと向かった。

門番に、添物書き同心の岡山東馬を呼び出してもらうと、ほどなくして源成とは馴《な》染《じ》みの顔が脇門を潜って出てきた。

いつもは温厚な顔が、渋面となっている。何かあったかと、源成が怪訝に思うも一礼をすると、岡山に話しかけた。

「ご多忙のところ、申しわけありません。独り肩揉み棒ができましたので……」

小脇に抱えている風呂敷包みを源成が差し出すが、岡山は手を出さない。

「いかがなさいましたか？」

「いかがなさいましたかって、こっちが訊きたい。というのは、お奉行も与力様もすでにそれと同じものをもっておるぞ。ああ、気持ちいいなどと申して重宝しているようだ。そうだ、お二方ばかりでなく、ほかの与力様たちも使っておるぞ」

「なんですって？」

驚いたのは源成である。

「どうやら、それと同じものが拙者とは別の同心から伝わったようだな。届けも以前に出ていたし」

「それでは、発案のお墨付きは……？」

どうなるでしょうかと、源成は訊く。

「同じものが世の中にあったとしたら、書くことはできんだろう。いや、お墨付きは、もう一方の手に渡っているかもしれん」

またしても、失意が源成を襲った。

「これは、最初にわたしが考えて作ったものですよ」

それでも、一応は抗《あらが》う。

「そうはいってもなあ、先に出来上がっているほうが有利であろうよ。まあ、与力様には言っておくが、ぐずぐずしてたのがいかんのだよ」

別の筋から、独り肩揉み棒が奉行所にもち込まれていた。一番偉いお奉行様と、数人の与力にまで渡っているという。

端から両親のためを思って作ったものだし、売ると問題が絡むものと思っているから、発案が誰に渡ろうがそこに源成の憂いはなかった。ただ、約束を違えて他の者に黙って渡したことに憤りを感じていた。

思い当たるところは一つである。源成は、踵をそちらに向けた。

七

二度と来ないと思っていた戸口の前に、源成は立った。

あと四半刻もしたら、正午を報せる鐘の音が聞こえてくるはずだ。すでに縄暖簾がかかっているも、相変わらず客の出入りはない。

源成は、憤りがこもる思いで障子の遣戸を開けた。

開けた戸に勢いがつき、通し柱にぶつかるとカツンと乾いた音を立てた。その音に気づいたか、伊代の声が奥のほうから聞こえてきた。

「いらっしゃいませ……あら」

源成の顔を見たとたん、ばつが悪いか伊代は伏目がちとなった。

「ごめん、何か食べに来たのではないのだ。又兵衛さんはいるかい？」

「ええ、奥に……」

なぜに源成が来たのか、伊代には分かっている。

「ちょっと待ってて……」

と、又兵衛を呼びにいっている間に、源成は店の中を見回した。壁には穴が空き、相変わらず修繕がなされておらず、商売のやる気がほとんどうかがえない。それでも塵《ちり》などが落ちていないのは、伊代がいるからであろう。

「……それにしても、これほど客が来なくてよく商いがもつな」

源成がうまい屋に来たのはこれで三度目である。しかも、みな昼どきであっても、一人も客の顔を見たことがない……いや、二人連れの男とすれ違ったことがあるか。遊び人風の男たちであった。いずれも、その後常連にはなってはいないと思える。

それでもかまわないという、又兵衛を源成は不思議に思っていた。そんなことを考えているところに、又兵衛の声が聞こえてきた。

「待たせたな」

腰から下の前掛けをし、高襷《たかだすき》をしているところは一見やる気がありそうである。

「お忙しいところ、申しわけありません」

声に、幾分怒りをもたせて、源成は挨拶をする。卓を挟んで、源成と又兵衛は向かい合った。

「そばを食わないのなら、何用で……?」

来たのかとまでは、言葉を略している。

「単刀直入に訊きますが、又兵衛さんは独り肩揉み棒を誰かに渡さなかったですか?」

「いや、そんな覚えはないな」

「正直に答えてくださいな」

「正直って、これほどの正直がほかにあるか」

二人のやり取りを、傍らに立ち伊代が固唾《かたず》を呑んで聞き入っている。

「ならば、渡してある肩揉み棒を見せていただけますか?」

「ああ、かまわぬが。だが、あれはすぐに壊れてしまった。まったく華奢な作りなのでがっかりしたぞ」

すぐに壊れたと聞いて、源成の首が幾分傾いだ。両親は毎日使っているが、未だに壊れてはいない。むしろ、頑丈な作りだと感心しているほどである。

又兵衛が、壊れたという肩揉み棒をもってきて源成の前に置いた。

「先っぽの丸玉が緩んでな、強く圧すことができなくなった」

又兵衛に言われ、先を触るとたしかに丸玉の収まりが悪い。おそらく、幸太に手違いがあったのだろうと源成は思ったがそうではなさそうだ。

「……おかしいな？」

壊れた独り肩揉み棒を手にしながら、源成の首が傾ぐ。

「そんな壊れたものを、他人に貸す馬鹿はいないだろう」

又兵衛の言い分はもっともだと、源成は思った。となると、出どころはここではなくなる。

――又兵衛さんではないとすると、誰が……ん？

手にした肩揉み棒を見つめながら考える源成の目に映ったのは、柄と先っぽがつながる継ぎ目であった。蟻ほぞの組み合わせでつないである個所が、わずかばかりずれている。無理やり取り外し、そしてくっつけたようにも見える。

――そうか、構造を調べたな？

源成の目線は継ぎ目を向いている。それを察したか、又兵衛が言う。

「丸玉が引っ込んでしまい、直そうと思ってわしが無理やり取り外したのだ。だが、素人がいじくって直るものではない。それで、元のとおりつないでおいたってことだ」

「そうですか。でしたら、これをもって帰ってよろしいですか？　どこがいけなかったか、改良しなくてはなりませんので」

「ああ、いいよ」

又兵衛には拒む理由がない。ここは素直な返事であった。このとき源成は、傍らに立つ伊代の顔にふと目がいった。すると、伊代の顔が小さく横に振れるのが見えた。その瞬間、又兵衛の虚言であることを確信した。だが、ここではそれを口にすることはなかった。

今、源成の手には二本ある。奉行所で渡しそびれたものだ。

「壊れたものの代わりに、一本ありますからどうぞ」

風呂敷の結びを解こうとしたところで、又兵衛から制される。

「いらないよ、もう。これと同じものが、すでに売られてるではないか。知り合いが買ってきてくれたからな」

「どこで売ってるのです？」

「いや、知らん。伊代、店に暖簾をかけなさい」

「もう、かけてあります」

不機嫌そうな、伊代のもの言いであった。

「そうか。それじゃ、げんなり先生、昼近くになるもので……」

商売の邪魔になると言われれば、源成も引き上げざるを得ない。独り肩揉み棒の出どころはここだと知れたものの、源成は深く追及することはなかった。

帰りしなであった。店外に出たところで、伊代に呼び止められた。

「お話ししたいことが……」

「わたしも……」

伊代と、湯島聖堂脇に位置する湯島横町の茶屋で、昼八ッ半に逢う約束をして源成の足は、再び大工丸長へと向いた。

又兵衛から戻った肩揉み棒は、やはり継ぎ目の部分が無理やり捻られ、そればかりでなく丸玉の収まりまで調べられた形跡があると幸太は言った。

裏づけが取れれば、それでよし。あとは、伊代がなんと言うかである。

八ッ半が待ちきれず、それより少し前に湯島横町に店を出す茶屋に源成は入った。軒から下がる赤提灯《あかちょうちん》には『わら卯《う》』と書かれてある。源成の、馴染みの店であった。

「いらっしゃい……あら、げんなり先生ごぶさた。このごろ、ちっともいらしてくれないのね」

「すいません、お仲《なか》さん」

三十も半ばになる女将のお仲《なか》も、源成の贔屓《ひいき》である。年上の女からは、源成はもてた。母性本能をくすぐる顔立ちである。

「きょうは、お独りで……？　だったら、うちは暇だから」

うっとりとした目つきで、お仲が源成を見やる。

「生憎《あいにく》と、間もなく連れが来ますので」

返した矢先に、音もなく障子戸が開いた。

「いらっしゃい……あら」

戸を開けて入ってきたのが若い娘と知って、お仲は小さく気落ちのする声を発した。

「お仲さん、あの入れ込み座敷使っていい？」

座敷に上がって衝立《ついたて》をすれば、他人の目を気にしなくていい。そこならば、伊代も語りやすいだろうと、源成は取った。

「あらまあ、またかわいい娘さんを連れ込んだりして、すみにおけないのね」

源成の耳だけに入るほどの小さな声で、お仲は言った。幾分嫉妬《しっと》が混じるような口ぶりは、源成にしか聞こえない。

座敷の卓を挟んで、源成と伊代が向かい合う。

「よく来てくれたね」

伊代と向かい合うと、源成も照れるようだ。

酒は抜きだと、団子と茶を注文して、さっそく二人は話に入った。

「げんなり先生は、万太郎さんてご存じで？」

いきなりの、伊代の切り出しであった。

「やっぱり、万太郎が絡んでいたのか」

「やっぱりってげんなり先生は、お父っつぁんが嘘をついていたのを、知ってましたの？」

「ああ、誰かに肩揉み棒を渡したのはたしかだと思ったけど、もしかしたらそれは万太郎って男ではなかったかと、漠然とだけど考えていた」

「なんだかお二人、仲が悪い……いえ、失礼」

「失礼ってことは、ないさ。あいつとのことはいろいろあってね。それで、どうして万太郎がこの肩揉み棒のことを……？」

源成から問われ、伊代は経緯を語った。まずは万太郎がはじめて店に来たときの様子から、又兵衛をそそのかすところまでを語った。

「お父っつぁんたら、万太郎さんの話に乗って、肩揉み棒を貸してしまったのです」

そして、儲けの幾ばくかをもらう約束になったと、伊代は言う。

「お馬鹿なお父っつぁんでごめんなさい」

伊代は、源成に向かって頭を下げた。うつむく伊代の目から、一粒の涙がこぼれ落ちる。

「いいんだよ、お伊代さん。君に涙など似合わない」

「気障《きざ》なことを……」

源成の伊代を慰《なぐさ》める声が、衝立を通してお仲の耳に届いた。コホンと一つ咳払いをして注意を向けると、お仲は団子と茶を配膳して戻っていった。

もう、邪魔をする者はいない。二人の会話は、先へと進む。

「それで万太郎は売りに出したのか。まったく、馬鹿な奴だ」

「何が馬鹿なのですか？」

「いや、こっちのことで。それでだ、お伊代さん。万太郎から分け前が来たら、受け取らないほうがいいと思う」

「なぜです？　お父っつぁんは、多分それを目当てにしていて茶屋の商売に身が入らないのでしょう。忙しくなるのがいやだと言って、舌は治っているはずなんですが、また悪くなった振りをしていて……」

「わざと作っても、あれほどまずいそばは作れないぞ。それにしても、なぜにそんなことを？」

「げんなり先生には、特別にまずく。といいますのは……」

「そうか、二度と来ないでくれとの、意思の表れなんだろうな」

一連の話を聞いて、源成は又兵衛の気持ちが読めた。

「そうだと思います。ですがまだ、わたしには腑《ふ》に落ちないことが……」

「前にも言ってたけど、なぜに客が来なくても商売をつづけるかってことだろ？　それはわたしも不思議に思ってる」

「この間、変な人が来て……。なんだかげんなり先生、わたし怖い」

伊代でも、その先の、父親の心が読めないか。源成を見る伊代の目は、頼る目であった。

「二人連れの変な客が来たのは、知っている。何かあったらお伊代さんは、わたしが守ってやる」

きっぱりとしたもの言いで口にすると、伊代の顔が驚きの表情となった。

「でも、お父っつぁんは万太郎さんの嫁になれって」

「お伊代さんが嫁ぐといった相手は、万太郎だったのか。だったら、なおさら万太郎なんかとは添わせない」

「わたし、げんなり先生のことが前から……」

と言ったまま、伊代は畳に『の』の字を書きはじめた。このごろの源成は、年下からも幾分もてる。

「それならわたしだって……」

どうやら相思相愛となったようだ。だが、この先が一筋縄ではいかない、紆余《うよ》曲《きょく》折《せっ》が待っている。そんな予感を、源成は口にする。

「でも、これからいろいろなことが起きそうだ」

「いろいろなことって？」

「わたしの勘だけど、あまりよいことではないのはたしかだ。だいいち、他人の発案を盗んで売りに出すだけでも、問題があるだろう？」

「たしかにおっしゃるとおり」

「そんなことに、又兵衛さんとお伊代さんは巻き込まれている。それが解決するまでは……」

源成は、首を振って言葉を濁《にご》した。

「それで、解決したあかつきには……」

そして源成は、顔を赤らめ言葉を止めた。あとの言葉が、恥ずかしくて言えぬ。だが、伊代は源成の言いたいことが分かるのか、小さくうなずいてみせた。

「そんなことで、あとはわたしに任せてくれないかな」

「分かりました」

伊代の返事を聞いて、源成は今、天にも飛び上がりたいほどの衝動に駆られていた。この先、深い闇が待ち受けるのも知らずに――。

# 第四章　うそつき無用

## 一

その後数か月が経ち、独り肩揉み棒は徐々に江戸八百八町で広がりをみせていた。

あちらこちらから、気持ちがいいと絶賛の声が聞こえてくる。その声につられ、買い求める人がどんどんと増えていった。

こうなると、売りに出した万太郎も鼻高々である。

「どんどん作って、どんどん売ってやれ」

今や、絡繰《からくり》仕掛けで木を削り、生産の効率も格段に進歩していた。

万太郎が卸す独り肩揉み棒は『もみもみ棒』と名づけられ、江戸中の小間物屋で売られるようになった。

これ一つで、万太郎は巨万の富を得ようとしていたのであった。

そんなある日、万太郎が小僧二人を引きつれ旅籠町の煮売り茶屋『うまい屋』にやってきた。

「ごぶさたしてすまなかった」

主の又兵衛と会うのは、借りた源成の肩揉み棒を返しにきたとき以来であった。

「ようやくもみもみ棒が軌道に乗ったので、分け前をおもちしました。相変わらず客が来ないのに、商いをしているのですか。それにしても、よく潰れないでいられるものですな」

「余計なお世話です」

「これ、伊代……」

伊代の、はむかうような口調を又兵衛がたしなめた。

「もっと早くここに来ればよかったのですが、何かと気ぜわしく……おい辰吉《たつきち》、包んだものを出しなさい」

辰吉という小僧から袱紗《ふくさ》の包みを受け取ると、万太郎は又兵衛の前に置いた。そして、紫の袱紗をおもむろにあける。すると中から両替屋の封がされた切り餅が四個出てきた。切り餅一つ二十五両で、都合百両である。

「どうぞ、これを収めてください」

万太郎が勧めるものの、又兵衛は手を出さない。

「どうされました？　これは、当然の報酬《ほうしゅう》ですよ」

さすが又兵衛も気持ちが引けるか、ためらいがあった。だが、咽喉元《のどもと》はゴクリと鳴っている。

「お父っつぁん、受け取らないで」

伊代から、万太郎が金をもってきても受け取るなと、日ごろからいい含められている。これは、源成から言われたことを忠実に守っているからでもあった。

「このお金で店を直して、きちんとした商いをなさったらどうです。それと、一旗揚げたあかつきには、お伊代ちゃんと添えるようなことも言ってました。手前は、それを一念に励んできたのです。そのお約束も守っていただきませんと」

「そんなことを、言ったかな」

「ああ、言いましたとも」

「わたし、そんなこと聞いてません。よしんば聞いたとしても、絶対にいや」

がんとした伊代の口調に、万太郎もたじろぎを見せた。言った言わないの水掛け論となったが、ここは又兵衛の一言があった。

「言った言わないは、どうでもよい。どうだ伊代、この万太郎さんと一緒になったら」

「お父っつぁん……」

悲しそうな目をして、父又兵衛の顔を見つめる。

「この男《ひと》には甲斐性があるし、お前を仕合わせにすると見込んだ。現に、約束どおり儲けの分け前まで用意してきた。それも百両もだ。わしは、諸手《もろて》を挙げて賛同するがな」

「でも……」

伊代の心は、源成になびいている。しかし、たった一人の肉親である父親の言うことにも逆《さか》らえない。しかし、どうも万太郎という男に馴染めない。

しかし、しかしが、伊代を躊躇させる。

このとき伊代は、以前湯島横町の茶屋わら卯で源成が言っていたことを思い出していた。

――たしかあのとき『これからいろいろなことが起きそうだ』とか言っていた。『そんなことに、又兵衛さんとお伊代さんは巻き込まれている』とも……。

伊代は思うものの、まだ何も起きてはいない。それよりも、独り肩揉み棒がかなりの勢いで売れてきているようだ。万太郎の羽振りのよさがそれを物語っている。

「どうだい、お伊代ちゃん。こんな流行《はや》らない店なんて畳んで、お父っつぁんも一緒に住んでもらえばいいではないか。根岸《ねぎし》のほうにでも家を建て、三人で仲良く……」

「いや、わしはもう少しここに残らねばならん。二人はどこででも、勝手に住めばいいさ。なあ、伊代……」

諭《さと》すような口調で、伊代に語りかける。

「この万太郎さんのところに嫁いで、わしを楽にさせてくれんか。百両あれば……」

「いや、百両はほんの手付け。これから幾ら儲けがあるか知れませんし、分け前はもっと出るはずです」

又兵衛と万太郎の話で、伊代の心は動かない。しかし、父親の又兵衛が楽になることは、伊代にとっても願ったり叶ったりのことである。

「これからお父っつぁんもお伊代ちゃんも、左手で団扇《うちわ》を扇《あお》ぐ暮らしにひたればいいやな」

これが万太郎の殺し文句となったか、伊代の首は小さく前に傾いた。気持ちがないながらの、承諾の返事であった。

源成に想いを馳《は》せながら、いやいやでも伊代は万太郎に嫁ぐことにした。

「ならば、婚礼の日取りは一月後でいかがです？」

さっそく万太郎が、段取りを口にする。初めから決めてきたような口ぶりであった。

「それでいい。あとは、万太郎さんにお任せする」

「お父っつぁんは、本当に一緒に住まないの？」

「ああ、あとしばらくはここにいなくてはならんのだ」

「どうしてこの場所にこだわるの？」

又兵衛が、ここに居座る理由が伊代には分からない。流行らない煮売り茶屋とい、伊代にはそこが不思議であった。

「まあ、いろいろあってな」

又兵衛が、口を濁すところに万太郎が口を挟んだ。

「まあいいじゃないかお伊代ちゃん。しばらくしたら一緒に住めるのだ。お父っつぁんの言うとおりにしてやったらどうだい」

気持ちが、万太郎にいっているわけではない。伊代は、仕方なさそうに小さくうなずく。

伊代と万太郎の祝言の段取りが、着々と進みながら二十日ほどが経った。

そんな間にも、もみもみ棒の売れ行きはさらに順調に伸びつづけている。

そうなると、黙っていられない人たちが出てくる。

「もみもみ棒なんてもんが売れてるから、こっちの商売が上がったりになりましたねえ」

苦情を言うのは、按摩師や鍼灸《しんきゅう》師たちである。他人《ひと》の手を借りることなく、肩や腰などが揉めるものだから、わざわざ銭を払ってまで按摩を雇うことはない。閑古鳥《かんこどり》が鳴くほど、按摩師の仕事はがくりと減った。

夜の巷間《こうかん》、呼子を鳴らして療治客を取るのは、大概盲目である座頭の仕事である。もみもみ棒が、その糧《かて》を奪ってしまったのである。となると、盲人たちの互助組織である当道座が黙っていない。

「なんとかせねばなりませんなあ」

「ああ、なりません、なりません」

「これは、検校《けんぎょう》様に言って、どうにかしていただきましょうな」

当道座が動いて、座頭たちの苦情が盲人の最高官位である検校の一人、花巻《はなまき》検校に伝えられた。

「なんだと、幕府が福祉制度の一環として施しているものが、そんなもみもみ棒なるものに脅《おびや》かされているとはけしからん。即刻販売を中止させろ」

べんべんと、琵琶《びわ》の弦をかき鳴らしながら花巻検校は憤る。

「そうだ、わたしのほうから寺社奉行に出向こう」

当道座を仕切る管轄《かんかつ》は、寺社奉行である。さっそく花巻検校は、寺社奉行のもとへと動き、販売を中止させる嘆願を出した。

検校の申し出とあらば、寺社奉行も言うことを聞かねばならぬ。検校の言い分を聞いた寺社奉行はさっそく、町奉行なら同心にあたる小検使を万太郎のもとへと遣わした。

按摩師や鍼灸師たちが訴えてから、たった二日での動きであった。

万太郎にもたらされた通達は、小検使の口から言い渡される。

「今後、もみもみ棒なるものを作ったり、売ったりするのはまかりならぬ」

書状を添えて、万太郎に提出される。

「そんな……」

と、絶句したまま万太郎は立ち尽くす。そして、しばらくすると膝からガクリと土間に崩れ落ちた。

寺社奉行だけではない。もみもみ棒を取り扱う小間物屋への通達は、町奉行のほうから伝えられた。

「もみもみ棒を売ったら、厳罰に処す。速やかに在庫は破棄するか、焼却処分するように」

そればかりではない。町内にはいたるところに高札が立てられた。

「なんて書いてあるんです？」

字の読めない町人が、誰にともなく訊く。

「今、読んであげるから待ってなさい」

たまたまその場に居合わせた源成の父左衛内が、しゃしゃり出て言った。

「どれどれ、なんと？　あっ、これは……」

驚いたまま、絶句する。その先声が出ない左衛内に向かって、町人の罵声が飛ぶ。

「なんでえ、てめえだって読めねえじゃねえか。誰か読める奴はいねえのかい？」

「どれ……。告、もみもみ棒をもつ者がいたら、即刻破棄すること。もっていたり使用しているのを見つけた場合は、厳罰に処す。と書かれておるな」

「そいつはまずいじゃねえか。おれはきのう買ったけど、すぐにうっちゃらなくてはならねえのかよ」

あちらこちらから、そのような話し声が聞こえてくる。

「……源成が売れないと言ってたのは、このことか」

高札を眺めながら、左衛内は呟く。

「だけど、なんでこんなお触れが出るんだ」

事情の分からぬ者ばかりである。それには左衛内が答えた。

「按摩や鍼灸師たちの仕事が、なくなるからであろうな」

左衛内は、言いながら考えていた。

――自分がもっているものまでも、捨てなくてはならんのだろうか。

「……そういうことになるであろうな」

また鈴乃と揉み合いっこをせねばならぬと思うと、いささか憂鬱《ゆううつ》になる左衛内であった。

町角に立った高札を読み、左衛内は源成にそのことを伝えた。

「やはり、思ったとおりのことが起きましたか」

「源成が考えていたことは図星となったが、わしらもこれを捨てねばならんのだぞ」

最後の一圧《お》しだと言って、左衛内はいつもより余計に力を込めて、独り肩揉み棒の先を肩のこりに圧しつけた。

「そうか、そういうことになるのですね。まったく迷惑な話です」

咎がおよぶとあっては、従わざるを得ない。

ここに源成の考えた独り肩揉み棒は按摩、鍼灸師たちの救済のために江戸の町から抹殺《まっさつ》されるのであった。

ちなみに後世、似かよったものが出たが、源成が作り出したものとはまったくかかわりがない。

二

突然の通達で打撃を受けた万太郎は、巨万の富を得るどころか、大量の在庫を抱えて途方に暮れた。

今までに売れた利益をすべて吐き出しても、業者への支払いに追いつかない。小間物屋などの、売り掛けの回収を心がけたが、どこもけんもほろろに追っ払われるだけであった。

「――なにい、売り掛けを回収に来ただと？　どの面《つら》下げて、そんなこと言いやがる。こっちだって客から買い取れって、突き上げを喰らってるんだ。大損をこいているのはこっちのほうだぞ。咎がおよんじゃいけねえ、全部引き取ってくれ」

雇い人である手代や小僧が、泣き泣き帰ってくる。

金の回収どころか、返品の山となって万太郎の建てた新居はもみもみ棒で占拠《せんきょ》された。かくして万太郎商店は、一夜のうちで崩壊したのであった。

こうなると、伊代との縁談も破棄せざるをえない。

「せっかくでしたが、お伊代さんとのことはなかったことにしていただきたい」

打ち萎《しお》れる姿で万太郎は、又兵衛と伊代に頭を下げた。もとより伊代には異存がない。

「それは残念でございましたねえ」

――他人のものを盗んで売るからこういうことになるのよ。

かわいそうに思うものの、同情はできない。伊代は心の内で口にする。

「げんなり先生が、売ることができないと言ってたのはこういうことか」

うな垂れる万太郎の姿を見やりながら、又兵衛は言った。

「そこでなんですが、先だって渡した百両をお返し願えないかと……」

「なんだって？　そいつはちょっとばかりお門違いであろう。あれは、儲けが出たときのこっちの取り分。何を返すことがあろう」

伊代のためにと、百両は手つかずにある。又兵衛は大きく頭を振って、返金を拒んだ。

「お父っつぁん……」

そのとき伊代が、又兵衛の袖を引く。

「返してあげたらどう。そんな、もみもみ棒で儲けたお金なんかもっていたら、お父っつぁんまで咎めが来るわよ。それにわたし、そんなお金なんかいらない」

あと腐《くさ》れをなくすためには、返したほうがよいと伊代は説いて、又兵衛も得心をする。

「手つかずにしてあるから、もっていきな」

紫の袱紗に包まれた百両の金は、そのまま万太郎の手に戻された。

百両が戻っても、万太郎が作った借財には足りない。そこにもってきて、泣き面を蜂《はち》に刺されるような出来事が起こった。小間物業組合から訴えが出たのである。

あんな紛《まが》い物をあつかって、損害が出たという言い分である。騙《かた》りに遭《あ》ったと、北町奉行所に訴え出たのであった。

北町奉行所の奉行も与力も、万太郎がもち込んだもみもみ棒で、肩のこりをほぐしている。そこはお役所同士のつき合いである。

寺社奉行と北町奉行である榊原主計頭忠之の間で、密談が交わされていた。

「寺社奉行殿、やはりわしたちもこの棒を捨てねばならんのかな？」

「それはそうでありましょう。そうでないと、世間に示しがつきませんからな。それにしても、それほど気持ちのよいものなのですかな？」

「気持ちがいいの、いくないのったらないですぞ」

「ほう、よほど気持ちがよろしいものなのでしょうな」

「ひとつ、寺社奉行殿もやってみたらいかがです。もってきましたから」

「どれ、ひとつ拝借《はいしゃく》いたすとしますかな」

北町奉行からもみもみ棒を借りて、寺社奉行が肩をコリコリする。

「うわっ、なんと気持ちのいいものよの。くーっ、堪らん。拙者も、肩こりなのでな」

しばらくの間、寺社奉行がもみもみ棒で肩のこりをほぐす。

「いかがです、気持ちのよいものでございましょう。そろそろ、返していただけませんかな」

「いや、もう少し……うっ、痛気持ちいい」

顔をしかめながら、寺社奉行は言葉を返す。

「こんな気持ちのいいもの、手放したくはありませんでしょう?」

北町奉行が、顔をのぞき見ながら寺社奉行に問う。

「左様ですな。一本手に入れたいくらいだ。だが、そうもいかんですかな」

「ですが、寺社奉行殿。わしらは、たいへんな激務に身をおいてます。肩がこるのは当たり前でしょう。そのたびに按摩を雇うわけにはいかんし、そこで、特別に奉行所内にあっては、使用の許可をいただけませんかな」

「左様ですな。ならば、花巻検校に言って奉行所内では特別にと、使用の許可をいただくことにしましょうか」

かくしてもみもみ棒は、寺社奉行の役宅と町奉行所の中では使うことを許されることになった。役人たちはその気持ちよさを堪能し、町人には咎めを付すという中途半端な政策が施されたのであった。

だがそれはむしろ万太郎にとっては、ありがたいことになる。北町奉行所は負い目があるためか、小間物業界からの訴えを不問とし、買い掛けの支払いを命じたのであった。その支払いによって、万太郎は九死に一生を得る。又兵衛から返還された百両と併《あわ》せ、下請け業者に支払いを済ませ奉公人たちに幾ばくかの給金を払うと、借金は帳消しとなった。そして、幾ばくかでも残った財は没収となり、万太郎は一文無しとなった。

呼び出しを受けたものの、晴れて自由の身となった万太郎を、奉行所が引き止める。

最初に万太郎を奉行所に引き入れたのは、旧知の知り合いである定町廻り同心の南波鹿月という役人であった。

万太郎が作ったもみもみ棒は、南波の手によって奉行所内にもち込まれていたのであった。

「おい、万太郎。おぬしの才覚を見込んで、与力様が話があるそうだ」

「与力様が……ですか？」

もみもみ棒は、万太郎の発案だと南波は思っている。それとほぼ同時期に、添物書き同心である岡山東馬を通して、源成が図面をもち込んでいることなど知るよしもない。だが、発案も現物も、万太郎のほうが先に出していたのだ。

南波に導かれ、万太郎は吟味《ぎんみ》方与力である石原裕五郎《いしはらゆうごろう》の前に召し出された。

「そこもとが、もみもみ棒なるものを作ったのか？」

「あっ、はい……」

万太郎の返事は詰まったものとなった。実際の発案には携わってはいないので、嘘をついている。その相手が、吟味方与力ということになって、万太郎の顔が幾分青ざめるものとなった。

――八丁堀《はっちょうぼり》の旦那が『才覚を見込んで……』とか言ってたが……。

次に、どんな言葉が発せられるのだろうと、万太郎は心の中で身構える。

「もみもみ棒は残念なことになったが、あの発案はたいしたものだ。そこで、そこもとの頭のよいところを借りたい」

「……頭のよいところ？」

「そう、知恵を貸して欲しいのだ」

万太郎の呟きを、与力の石原がとらえて言った。

「知恵と申されますと？」

どんなことが要求されるのだろうかと、万太郎の内心は恐々《きょうきょう》としている。

「実はだな……ちょっと、近寄ってくれ」

言われるがまま、万太郎は一間ほど進み出て、石原との間合いを半間に取った。

「そのぐらいでよかろう。それでだな、そこもとに発案してもらいたいものがあるのだが。これは、お奉行の提案でもあるのだ」

「お奉行様の提案ですか……何をでございましょう」

「下手人の虚言を、見破るものが作れないものか？」

「えっ？」

虚言を見破るものといっても、万太郎はいささか驚くばかりである。のっけから、そんなものができるわけがないと、あきらめの心境になった。だが、万太郎の内心を見通すことなく、与力石原の語りがつづく。

「実は、数日前にな、霞蜘蛛の次郎左なる盗賊の手下を一人捕まえたのだが……」

最近またにわかに動き出した霞蜘蛛の次郎左一味は数人で徒党を組む盗人たちである。大尽の商家や武家屋敷に押し入っては数百両単位の金を盗み出し、ときには人を殺すという大罪人である。

「その霞蜘蛛の次郎左一味が、およそ二年ほど前に罰当たりなことをしおってな……」

「罰当たりなことですか？」

「いや、それが次郎左たちの仕業かどうかは断定ができんのだが、拙者らはそう踏んでおる」

石原の語りを聞いていくうちに、万太郎はその場にいたたまれなくなった。どうやら難しい話になりそうだ。

「あのう……」

「なんだ、小便か？」

この場から、逃げ出したい思いで口にするものの石原によって遮られる。

「いえ、そうではなく……」

「だったら、話は最後まで聞け。谷中《やなか》に金陀羅教《きんだらきよう》の総本山である万陀寺《まんだじ》ってあるのを知ってるか？」

「いや……知りません」

万太郎が小声で答える。

「左様であるか。まあ、見るからに無信心では知らぬのも仕方あるまい。けっこう大きな寺で、まあ総本山と言っておるほどだからな。そこの御本尊である『金陀羅聖観世音菩薩像』という、金無垢の仏像が一年ほど前に盗まれて未だに行方《ゆくえ》が知れんのだ。それと、檀家から集めた本堂建立《こんりゆう》基金の千両が盗まれたのだ」

なんとなく、万太郎にも話の内容がつかめてきた。その先を聞いたら、もう逃げ出すことができないだろう。ここで万太郎は意を決した。

「あのう……」

「なんだ、先ほどからあのうあのうって。言いたいことがあったら、はっきりと申せ」

言いたくても、言葉を遮るのは石原である。

「その仏像と千両を探し出すというのでしたら、手前には荷が重いものと……」

「なにも、そこもとに探してくれとは言っておらん。知恵を借りたいとは言っておるがの」

困り果てる万太郎の気持ちを察することなく、石原の語りはさらにつづいた。

三

万太郎が与力石原に、否応なしに話を聞かされているころ。

北町奉行所の別の部屋で、添物書き同心である岡山東馬が上司である三番組与力の、小林《こばやし》旭之進《きょくのしん》から呼び出しを受けていた。

「お奉行様がもみもみ棒を肩にあてながらな、これを考案したのは二人いるのかと訊かれた。もみもみ棒については、今、その一人に吟味方与力の石原殿がうかがいを立ているところだ。それと、もう一つの図面に大層驚かれておった」

「その図面といいますのは床火鉢で……？」

「ああそうだ。それもこの者が考案したのかとお奉行は訊くが……」

「はい。平賀源成という者でして、それは知恵が働く男です。今までにも、いろいろなものを……」

岡山は、胸を反らして源成の聡明さを説いた。

「なるほどの。ならば、その平賀源成という男をすぐに呼んできてくれぬか。住まいはどこか知っておるのか？」

「はい、かしこまりました。家は、湯島聖堂の近くと聞いておりますので、分かります」

上司小林旭之進の命で、すぐさま岡山東馬は動いた。

そのときは岡山は、なぜに源成が呼ばれるのかは知らずにいた。

そして半刻後、源成と岡山は日本橋川に架かる一石橋《いっこく》の手前まで来ていた。すると、源成は日本橋川の対岸の堤を歩く男の姿を見やり、小さな声で呟いた。

「……あれは、万太郎」

うつむきながら、足取りもおぼつかなく歩く万太郎を、怪訝な思いで源成が見ている。

「どうかしたのか？」

立ち止まって遠くを見やる源成に、岡山が話しかけた。

「いや、なんでもありません」

一石橋を渡り、そこから呉服橋で外濠《そとぼり》を渡れば、北町奉行所である。人々は北の御番所と呼ぶところである。

岡山に連れられ、源成は北町奉行所の正門から中に入った。およそ四千坪の広い敷地に建屋が入り組んで建っている。独りで来ては、迷うところだ。

初めて入る奉行所の敷地内を、珍しいものでも見るように源成は首を左右に振りながら歩いた。やがて、与力の御用部屋へと案内されると、源成は小林旭之進と向かい合って座った。岡山は、席を外される。

「そこもとが平賀源成と申すか。聡明さは、岡山から聞いておるぞ」

開口一番、小林が口にする。

「いいえ、それほどでも……」

小林と相対して、初めて源成の口をついて出たのは、謙遜《けんそん》であった。

「それで、肩揉み棒というのは、そこもとが先に考案をしたのか？」

「そういうことになりますが、売りには出しませんでした」

このとき源成は、肩揉み棒を考案したというだけで咎めがあるのではないかと、内心では恐々としていたのである。おそらく万太郎も呼び出され、相当な仕打ちを受けたのかもしれない。打ちひしがれた様子を遠目で見ているだけに、源成にも何か罰が下るのかと気にかかっていた。

だが、次の小林の言葉が、源成をいっときは安堵させるものとなった。

「実はな、源成殿を見込んで頼みたいことがあってな、これは、お奉行のご提案でもあるのだ」

このあたりから、源成の呼び方に敬称がつくようになった。

ときの北町奉行である榊原主計頭忠之は、二人の与力に指示を与えていたのであった。

一方はすでに、石原の口から万太郎に伝えられている。そして、一方は小林の口から源成に伝えられる。

「源成殿は、盗賊である霞蜘蛛の次郎左という一味を知っておるか？」

霞蜘蛛の次郎左と聞いて、源成はいつぞや近所の米問屋が襲われ、そのとき町方たちが話していたことを思い出した。

「ええ。悪い奴らだそうで」

「まったくの悪党だ。まあ、それはどうでもよいが……」

万太郎が、石原から聞いたと同じことが、小林から語られる。

金陀羅教の御本尊である『金陀羅聖観世音菩薩像』と千両が二年前に盗まれ、それが霞蜘蛛の次郎左たちの仕業ではないかというところまでは、万太郎の話と一緒であった。

万太郎は、石原からそのつづきを聞いてあとに引けなくなった。それと、同じことを小林の口から源成は聞くことになる。

「半月ほど前に次郎左の手下の一人がお縄になった。手口からして、万陀寺に忍び込み金無垢の御本尊と千両を盗み出したのは、次郎左たちの仕業だろうと奉行所は踏んでいる。二年前にあったことを、今躍起《やっき》となって白状させようとしている。だが、相手は名うての盗賊だ。そう簡単には口を割らない。おそらく次郎左は、どこかにその仏像を隠しているものと思われるのだ。そこでだ、源成殿……」

そこまで言うと小林は居ずまいを正して、源成と向き合った。礼に則《のっと》った所作である。それにつられ、源成も背筋をピンと伸ばし聞く姿勢を取った。

「ちょっとやそっとの痛め吟味では白状しない。それに、できればそんな手荒なことはしたくないのが本音だ。そこで、もっと簡単に虚言を見破るものが作れぬものかと。一目で、嘘をついているというのが分かるものがあればよいのだが。源成殿の聡明さを見込んで、どうだろう、一つ考えていただけないだろうか？」

必要は発明の母というが、これぱかりは源成も答えるのに窮した。

「嘘を見破るものですか？」

今しがた、何か罰を受けるのではないかと恐々としていたが、ほっと一息ついたところである。せっかく安堵した気持ちが、小林旭之進の乞《こ》いごとで一挙に憂いに引き戻された。

思ってもいない発案である。

「どうだ、できるか？」

顔色の変わった源成に、小林はかまうことなく問いかける。

「できるかとおっしゃられましても……」

できると言えば嘘になる。できないと言えばなんらかの咎めがあろう。

「もし、できないと申せばどうなりますのでしょう？」

恐る恐る、源成が訊ねる。すでに額には、うっすらと汗が滲《にじ》んで光っている。

幾ら聡明な源成でも、急に嘘を見破るものを作れと言われても、すぐに返事はしかねる。

「何、できないというのか？」

小林旭之進の穏やかであった顔が、にわかに険悪なものへと変わった。

「ならば奉行所としても、考えがある。肩揉み棒を考案した罪は重いぞ。なんせ、座頭たちの生活を脅かしたのだからな」

ある意味での脅迫である。

「だが、奉行所としても魚心あらば水心だ。なんとか、嘘を見破るものを作ってはくれぬか？」

「なんとかなると思いますが、作るのにどれほどときをいただけるのでございましょう？」

源成は、なんとかなると虚言を言って、この場を取り繕《つくろ》うことにした。

このとき、源成の掌《てのひら》は汗でぐっしょりと濡れていた。

ちょっとした戯言《ざれごと》ならば、たいして心の動揺はない。だが、こうして奉行所の与力の前で嘘をつけば、誰だって気持ちに動揺をきたす。

――あっ、そうか！

そのとき源成の脳裏に、瞬間閃いたことがあった。

そして掌を広げ、まじまじと見た。一度は滲んだ汗が引いている。

「もう一度、問うていただけますか」

源成は、自分の閃きをたしかめるために、小林に要請する。

「問うてって、何をだ？」

「何、できないのか？と……」

「分かった。何、できないのか？」

「はい、できません」

源成の掌に、うっすらと汗が滲む。嘘をついたと思ったからだ。このときの源成は、頭の中でなんとかなりそうだと思っていたのである。工夫次第でなんとかなりそうな気まではしていた。

「なんだと、できないのか。さもあらば、吟味にかけて八丈島《はちじょうじま》への遠島……」

「ちょっとお待ちください。よろしければ、掌を見せていただけますか？」

嘘かはったりだとすれば、小林の掌は汗が滲んでいるはずだ。

「掌か……よし」

と言って、小林は両手を広げる。

「八丈島への遠島というのは嘘でございましょう」

「おや、なんで分かる？」

「それはなんとも言えません。まだ、不たしかなものでありますから」

「本来なら、二十里四方へのところ払いといったところか。是が非でも承諾をさせようと、虚言を申したのだ、許せ。となると、できそうなのか？」

「はい、できます」

と言って、源成は手に汗をかく。まだ、はっきりとは言えぬことである。

「はい、できると思います」

これが偽らざる思いである。

「よくぞ言ってくれた。期待しておるぞ。それで、いつごろまでにできそうだ？　できれば、十日内で作ってもらいたいが……」

そんなに早くと思ったものの、返事をしなくてはならない。

「はい、分かりました」

その場しのぎに言った源成の手に、汗が滲む。

——ああ、嘘をついてしまった。

と、後悔の念が源成の脳裏をよぎった。

「ならば、よろしく頼むぞ。おい、岡山……」

隣の部屋に控《ひか》えていたか、襖《ふすま》を開けて岡山が顔を出した。

「源成殿を、丁重《ていちょう》に見送ってやれ」

岡山に命じ、小林はその場から去っていった。

「げんなり先生、いったい何があったのです？」

廊下を歩きながら、岡山が問う。

「いえ、なんにもありません」

これは虚言である。だが、方便の嘘なので出る汗は少ない。

「大きな事件に絡むことなのですか？」

根掘り葉掘り岡山からの問いがつづく。

「いいえ……」

これは大きな嘘なので、掌がしっとりするのを感じた。岡山からの問いかけで、源成は確信を得たのであった。

四

そのころ万太郎は憂鬱の淵《ふち》にあった。

新しく建てた家も人手に渡り、元の長屋で頭を抱えている。

源成と同じ問いを石原裕五郎からかけられ、仕方なくも『はい、できます』と返事をしてしまったのだ。心の中では、そんなものできるはずがないと思ったままに。

断れば、重い罰が下されると思っての、咄嗟の逃げ口上であった。

十日の内に作れと言われた。

「嘘を見破るなんてそんなもの、できるはずがない」

万太郎は、最初からあきらめの境地に入っていた。

「逃げても凶状持ちとなって、逃げ切れるものでなし……」

さて、どうしようかと万太郎が途方に暮れているときであった。

外で子どもたちの唄う、童歌が聞こえてきた。

〽指きりげんまん嘘ついたら針千本の｜ます

「……考えたら、恐ろしい歌だなあ」

子どもたちの童歌に、万太郎は身震いをする。

「指を詰めた上に、拳で一万回も叩かれ、その上で針を千本飲まされる……ああ、恐ろしい」

そのとき万太郎は、自分が与力の石原裕五郎に対し嘘をついたことに、童歌の意味を重ね合わせていたのである。

「ならば、三十六計逃げるにしかずか」

万太郎は、一途逃げることに頭がいった。財産没収であったが、全部差し出すことなく、万太郎は九両ほどを隠しもっていた。本来ならば、その九両ももっていかれるものである。十両としなかったのは、見つかれば首が飛ぶと思ったからだ。

九両を路銀として懐にしまい、早々に旅支度をして万太郎は長屋を出た。

「……さてと、どっちに行こうか？」

神田金沢町から中山道《なかせんどう》に出て、ひたすら西を辿り京を目指すことに決めた。

網代笠《あじろがさ》を目深にかぶり、人相が分からぬようにして表通りへと出る。寛永寺《かんえいじ》御成街《おなりかい》道《どう》を北に取り、五町も歩いたところであった。

「ちょっと待てよ」

下谷広小路《したやひろこうじ》に入る手前で、万太郎は独りごちると歩みを止めた。

「そうか、こういったものを作ればいいんだ」

ふと頭の中で閃いたものが、形となって浮かんだ。もう、京まで逃げることはないと、万太郎はその場で踵を返す。路銀の九両は、嘘を見破る道具の開発に費やすことに決めた。


かくして、嘘見破り器の開発において、源成と万太郎の一騎打ちとなった。

心の動揺から、身体に生ずるわずかな変化で嘘を看破《かんぱ》する。源成は、そこまでは思いついていたが、その先が進まず五日が経った。

大仕掛けのものは、与えられたときが短くて作れない。この五日の間、源成は自分の掌ばかりを見ているものの、案がまったく浮かんでこない。徐々に時限が迫り、さすがの源成にも焦りの色が濃厚となった。

そして、さらに四日が過ぎてとうとう残す日はあと一日と迫った。

「少しばかり、安易すぎたかな」

半分はあきらめの境地となって、寝転びながら天井を見つめては独りごちる。できないでごめんなさいと謝れば、二十里のところ払いとなる。

「それも、仕方がないか。父上、母上お達者で長生きしてください」

それでも緊張からか、掌に滲み出てくるものがあった。

「今ごろ手に汗が出たって……」

なんの役にも立たん、と思ったところで母親鈴乃の声が源成の耳に入った。

「お伊代さんがお越しですよ」

「えっ、お伊代さんが？」

寝ている体をすっくと起こす。伊代と聞いて、掌の発汗はさらに顕著《けんちょ》となった。てかてかに光るほど、汗を掻いている。緊張の度合いによって、発汗の作用は異なるのだと、源成は改めて思った。

「どうぞ、お通ししてください」

伊代が部屋に通される間、源成は散らかっているものを急ぎ整頓した。しかし、艶本を押入れの中に隠そうとしたところで、伊代が部屋の中へと入ってきた。

「ごぶさたいたしております」

押入れの襖を閉めたところで、伊代から声がかかる。

「お元気でしたか？　ところで、万太郎との祝言は……」

破棄になったことまでは、源成は聞いていない。

「はい、あちらさまから断ってきました。正直、わたしはほっとしております」

「そうでしたか」

源成が、ふーっと一つ安堵の息を大きく吐いた。そして、顔が伊代に向く。

「お伊代さん……」

「げんなり先生……」

二人は二尺まで近づき、手と手をつなごうとしたときであった。

襖越しに、鈴乃の声が聞こえてきた。

「お茶をおもちしましたよ」

母親の声をこれほど無粋《ぶすい》に思えたことはない。だが、返事はせねばならぬ。

「どうも、すみません」

他人行儀の声を、源成は返した。

「ところで、お伊代さんのご用事は？」

鈴乃の前では、かしこまったもの言いとなった。

「そうでした。父から、これを」

と言って、伊代は風呂敷に包まれた手荷物を差し出す。開けると二段に重ねられたお重であった。

「これは父の手料理です。みなさまで召し上がっていただきたいと、父が丹精込めて作りました」

重箱の蓋を開けると、正月料理のようなご馳走が詰まっている。

「まあ、おいしそう。やはり、舌の病は治っていたのですね」

と言って、鈴乃が重箱の中をのぞきこむ。

「はい。ですが、この日限りで、店を閉めると申しておりました」

「お店を閉めるのですか、よかったですね」

あんな客の来ない店を、いつまでやっていても仕方なかろうとの思いが源成にはある。賛同の言葉であった。

「父から、げんなり先生には迷惑をかけたと詫びを言っておいてくれとの伝言です。一緒に来ようと言ったのですが、お前独りで行ってこいといわれ……」

恥じらう伊代の姿を見れば、又兵衛の心の内も知れる。

「そういうことで、わたし独りでまいりました」

言いながら伊代は、開けた重箱の蓋を閉めた。源成は、伊代のそんな手元を、目を瞠《みは》る思いで見つめていた。

「げんなり様……？」

楓模様《かえで》の蒔絵《まきえ》が施された、黒漆の重箱には光沢《こうたく》があった。伊代の指がその蓋に触れたとき、心なしか指の形で重箱の艶が曇《くも》りをもった。

伊代の手が、恥じらいで汗を掻いたものと、源成は取った。

――こんな簡単なことが。

こうなると、源成の頭の中は伊代のことから嘘見破り器のことに切り替わる。

重箱の曇りを見て源成の脳裏に閃くものがあった。こうなると落ち着いてはいられない。

「それではわたしはこれで……」

源成の心がここにあらずと取った伊代は、幾分ほっぺたを膨らませて平賀家をあとにしたのであった。

そして翌日の昼八ッ。

源成は、風呂敷に包んだ小さな手荷物をもって北町奉行所へと赴いた。

岡山東馬を通して、再び小林旭之進と向かい合う。

「嘘を見抜くものができたか。ずいぶんと小さなものだが、どれ、見せてくれぬか」

言われて源成は、風呂敷の結び目を解き中のものを顕《あらわ》にした。

「なんだ、これは？」

「はい。見てのとおり柄鏡《えかがみ》でございます」

源成が取り出したものは、差し渡し八寸の顔が全面映る大ぶりの、円形鏡に柄がついたものが二本であった。

「こんなもので、嘘が分かるのか？」

「はい、おそらく」

「おそらくって……」

「ためしていただければ、分かります。そうだ、小林様が下手人になったとして……」

「拙者がか？」

「これから、わたしが問いを発します。この鏡の上に手を広げて置いて、答えていただけますか。それで、答えはすべて『はい』と言ってください」

源成は青銅製の柄鏡の鏡面を上にして畳の上に置いた。

「きのう鏡研師に、たんまりと磨いてもらいましたからよく映るでしょう」

「まあな。身共の顔をこんなにまじまじと見たのは、久しぶりだ。こんな顔だったかな。よく見ると、皺が増えているのう。まあ、そんなことはどうでもいい、早くはじめよう」

「では、手を鏡に置いてください。それでは、小林様は奥様が大嫌いですね？」

「はい」

答えがあって、幾分の間を開けてから小林は鏡から手を離す。すると、両方の鏡面にうっすらと手のあとが曇った。

「それでは、奥様のことを大好きですね？」

この問いには、鏡の曇りはない。

「ご夫婦円満で何より。さて、次の問いです」

「いや、分かった。何を問われるか分からんが、これ以上身共を晒《さら》けだすのもかなわん。心の動揺でもって、嘘かどうかが知れるというのだな」

「左様です」

これで、試しは済んだ。昨夜、左衛内に対しても同じような問い立てをして、効果のほどは試してある。

「――これだと、心の奥までのぞかれてしまうようだな。嘘はつけん」

あのときも同じような問い立てをして、左衛内も驚いたようだ。

源成には自信があったが、これが発明と言えるものかどうかは、なんともいえない。

「……発明というより、発案だな」

と、割り切ることにした。

「よし、それでは行こう」

小林旭之進のあとについて、源成は初めて取調べの場である囚人置き場に赴くのであった。

五

罪人を裁く白州に近いところに、囚人置き場はあった。

留め置きの牢の中を見ると、月代や髭《ひげ》を不精《ぶしょう》に伸ばした男が一人座っている。吟味疲れか、その姿は老人にも見紛《みまが》う。

「あんなにやつれていても、齢は二十四だ」

牢の外で、小林は源成の耳元で小声で言った。

二十四歳といえば、源成と同じ齢である。このとき源成はふと思うところがあった。どこかで会ったことがあるような気がすると。だが、その思いはすぐに心の内にしまった。

「左様ですか」

一見したところは二十歳も上に見えるであろうか。鏡で自分の顔を見たばかりの源成は、囚人の老《ふ》けた姿と照らし合わせて、世の無常を感じるのであった。

「あれが、霞蜘蛛の次郎左の手下で、梅島《うめじま》の八十吉《やそきち》って男だ。根性があるのか、なかなかしぶとい男での。口を一切割らん。とくに、仲間のことになると、口を貝のように噤《つぐ》む」

与力の小林は、懐から一枚の書状を取り出した。見ると、問い立て事項が六項目ほどある。

源成に課せられた役割は、金陀羅教の御本尊である『金陀羅聖観世音菩薩像』と、千両の在《あ》り処《か》を引き出すことである。

例をとれば、金陀羅聖観世音菩薩像を盗んだか否か。盗んだとしたら、どこに隠したか——などなどである。

「もっとも、千両のほうは使われてしまって、すでにないかもしれんが一応問い立ててくれ」

「かしこまりました。これをうまく相手の口から引き出すのですね？」

いずれも『はい』と答えさせる問いに変換するのが、源成の方法である。

「左様……」

と小林が返したところで、石畳を歩いてくる二人の姿があった。源成が、足音に引かれその方を向くと、見覚えのある顔が目に入った。

「あっ……万太郎」

驚く顔を源成が向けると、同じように万太郎の驚く顔が返った。

「これは、石原殿……」

万太郎を引き連れてきたのは、吟味方与力の石原裕五郎であった。

「小林殿のほうは、用意は万全であるか？」

「万全かどうかは、なんとも……」

自信なさげな小林の返しであった。与力同士の会話をさせておいて、源成が万太郎に小声で話しかけた。

「万太郎、久しぶりだな。お前もあの男の……？」

「ああ。おれのは、白状促し……」

万太郎が、睨む目を返し小声で言った。

「おい、話は慎《つつし》め。余計なことを言うのではない」

源成と万太郎の私語を、石原がたしなめた。すみませんと、二人は同時に頭を下げる。

「これから二人の発案したもので、あの男の口を割らせてほしい」

二人の与力から、説明がなされる。八十吉の供述を促す発案は、二人同時に依頼されたことを、ここで源成ははじめて知った。どうやら万太郎との、発案の競い合いのようだ。

「それではじめるとするか、小林殿」

「左様でありますな、石原殿」

「どちらから、先に吟味をいたすか、石原殿？」

「ならば、くじ引きでいかがかな、小林殿？」

「それで、よろしいでしょう。ところで宍戸《しど》殿はまだかな？」

石原が言ったところで、もう一人の与力が近づいてきた。

「そろいましたかな、お二方とも……」

立会いのための、これも吟味役の宍戸錠衛門《じようえもん》という与力であった。

「ご苦労であるな、宍戸殿。それで、後先《あとさき》を決めたいのだが、おぬしにお願いできるか？」

「かしこまった、石原殿」

宍戸が、一文銭を巾着の中から取り出すと、裏表で後先を選ばせ手の甲に放り投げた。裏を選んだ、石原が先となる。

吟味は、幾つかに区切られた牢屋の中でおこなわれる。その日は裁きがない日なのか、三つに区切られた牢には、他に四人はいない。そんな日を選んだものと思われる。

「それでは、万太郎殿が先に中に入って……」

牢番人に鍵を開けさせると、石原と小林が先に入り、万太郎を挟んで立会いの宍戸が入った。そのあとから牢役人が二人入り、内側から鍵を閉めた。

源成は、牢役人の詰め所で控えさせられる。ゆえに、互いにどんなものを発案したかは知らない。

「……大きな荷物をはこびこんでいたな」

四角い箱のようなものに布がかぶせられていたので、その中身までは源成は知れずにいた。

がっくりとうなだれる八十吉を、石原裕五郎が起こす。

「これから調べをはじめる。それでは、万太郎殿……」

「かしこまりました」

と言って、万太郎はかぶせてある布を取った。中から縦横二尺四方、高さ一尺ほどの箱が出てきた。

「この上に座らせてください」

箱の上部には、数十個の小さな穴が空いている。その上に、八十吉を正座させた。

三人の与力が、八十吉と向かい合う。万太郎は、八十吉の背中に立った。

八十吉の顔に、牢役人がもった龕灯《がんどう》提灯の光があてられ、その表情だけが暗い牢屋の中に浮かび上がった。

石原が、さっそく問い立てを口にする。

まずは、素性と名を口にさせる。その答えには、なんの表情の変化も見られない。

そして石原の問いは、本題へと入っていく。

「お前は、霞蜘蛛の次郎左の手下だな？」

「いや、違う」

その問いには、八十吉は小声で答えて首を振る。すると同時に、八十吉の顔は苦痛で歪んだ。

「お手前方、八十吉の顔をご覧になったかな？」

石原が、小林と宍戸に問うた。

「ええ、見ました」

「これは、虚言を言っておるということです」

言って石原は、書面に○を記した。嘘をつくと、体に痛みが奔る仕掛けだと石原は説いた。

「ほう、たいした仕掛けでござりますな」

万太郎のこった仕掛けに、源成の発案が貧弱に見える小林であった。さらに、石原の問い立てがつづく。

「今、頭目の次郎左はどこにいる？」

「知らねえ」

首を振った八十吉の顔がまたも苦痛で歪む。その表情を見て、石原は書面に○をくれた。

「頭の居どころは、おいおい探る。さて次は、二年前谷中の万陀寺から金無垢の仏像と金千両を盗んだだろ？」

「知らねえ」

「隠し場所はどこだ？」

「知らねえ」

何を聞いても、知らねえの一点張りである。そのたびに八十吉の顔は苦痛に歪み、書面にはすべての項目に○がついた。

「いかがでござるか。この八十吉が言ってることは、すべて虚言でありますぞ」

どうだとばかり、石原が高ぶる思いで口にする。だが、小林と宍戸の顔は怪訝そうであった。二人とも、首を傾げてこの吟味の様を見やっていた。

「どうなされた、お二方？　この八十吉は、どの項目にも嘘をついているのですぞ」

「それは、分かりもうした」

小林が、うなずきながら得心する顔を向ける。

「ですがだ、石原殿。八十吉の、嘘か真《まこと》かを問うのではなく、はっきりとした、仏像などの隠し場所などを白状させせませんと……」

「なんだか、事実がはっきりとしませんなあ」

宍戸錠衛門が、小林の言葉を追って言う。

「そういえば、そうであるな。だったら、どうしたらよいかの万太郎殿？」

嘘見破り器をあつかう万太郎に、石原が問う。これには、万太郎ははたと困った。八十吉の答えは、すべて万太郎がうしろで引き出していたからだ。

八十吉が答えるたびに、万太郎はうしろで踏み板に足をかける。すると、箱の中に収められている数十本の釘の先が突き出た板が、上にもち上がり穴を通して八十吉の足を刺す仕掛けであった。痛みを加えれば、囚人は白状するだろうというのが、万太郎の読みであった。だが、それでは本当に知りたい真実を引き出すことができない。

「ならば、問い立てを変えてみたらいかがですかな？」

提言したのは、小林旭之進であった。それでは頼むと、石原が同意する。

「すべてを『はい』と言って答えよ」

「はい」

八十吉の答えには、変化が見られない。

「それではこんな問いはいかがか……仏像の隠し場所は、ここから東にある」

「はい」

と、八十吉は言ったものの、顔に変化は見られない。

「そうか、東であるか。では、念のため……西に隠してある」

「はい」

やはり、変化は見られない。顔に変化があったのは、万太郎である。そういう問いには、どこで踏み板に足をかけたらいいのか分からないのだ。

そのあとも、北か南かと小林は問うが八十吉の表情にはなんの変化も見られなかった。

「おかしいですな。顔に歪みがないということは、みな、真実を申しておることになりまするぞ。となると、やはり万太郎殿がもってきた嘘見破り器は……」

駄目だという結論に至った。

その場で万太郎の発案は失格の烙印《らくいん》を押され、牢屋から追い出されることとなった。

六

次に、源成の番である。

牢屋の中はひんやりとして、源成の発案には適した温度であった。暑くて汗を掻くようなところでは、この柄鏡は役に立ちそうもない簡易なものである。

暑からず、寒からずがちょうどよい。

牢屋に入った源成は、おもむろに風呂敷包みを開けた。そして柄鏡を二本取り出す。そして牢役人二人にそれぞれを渡すと、八十吉の両膝に鏡面を上にしておいた。柄は牢役人がもつ。

源成は、与力たちと並び八十吉と向かい合っている。何かあったら、小林に助言を与える役目を担《にな》った。

「鏡の上に、掌をおけ。そして、問いにはすべて『はい』と答えるのだぞ」

今度は、小林旭之進の尋問《じんもん》である。

「名は八十吉。生まれ在所は足立《あだち》の梅島だな?」

「はい」

八十吉の答えに、柄鏡に曇りはみられない。

「嘘をつかねば、鏡に変化はありません」

小林が、石原と宍戸に虚言見抜きの方法を説く。

「なるほど、そんなものでのう」

万太郎の仕掛けと比べ、貧素なものである。

「まあ、やっていったら分かりますぞ。それでは、先を進めます」

と言って、小林の顔は八十吉に向く。

「おぬしは、霞蜘蛛の次郎左の手下ではないな？」

「はい」

一つ答えが返るたび、鏡から掌はどかされその反応を見る。すると、両の鏡面ははっきりと手の形で曇っている。

「ご覧なされ。ほれ……」

小林が、曇った鏡を石原と宍戸に見せつける。

「ということは、これは嘘をついてるということですな？」

「左様でござる、宍戸殿」

「うーむ」

と、感心する声が、石原と宍戸の口から発せられた。そして、尋問は本題へと入っていく。

八十吉が、次郎左の一味かなどの尋問には鏡に反応は見られず自供の信憑《しんぴょう》性が実証された。そして、問い立ては仏像の隠し場所の件に入る。

「仏像の隠し場所は、ここから東にある」

「はい」

八十吉から答えが返ったが、小林の顔は鏡にではなく、源成に向いた。

「こんな訊き方でよいかな、源成殿?」

「はい。よいと思いますが、すぐに鏡を見ないと曇りは消えてしまいますよ」

源成に言われて、慌てて鏡を見るが曇りは消えている。

これでは分からんと、小林が困ったところであった。

「いま、はっきりと出ていました」

「ですが、すぐに消えてしまいました」

交互に言ったのは、柄鏡をもつ二人の牢役人であった。その証言を得て、尋問は次に入る。西か、南かの問いには鏡が曇る。

「となると、ここから北の方角にあるものと思われますな」

「それにしても、面妖《めんよう》な尋問でありますな」

得意気な顔をする小林に、宍戸がせっつく。

「これではなかなか、隠し場所に辿りつきませんぞ」

石原も、じれったいとの思いを口にする。

「急がば回れという格言がございます」

すると、源成が与力たちの話に口を挟んだ。

「よろしければ、わたしから問うてよろしいですか?」

「うむ、それでは頼もうか」

ここは源成に任せたほうが良策であると、石原は取る。

「それでは行きます。神田川より北にある」

八十吉は、少し考え「はい」と答えた。

ここで源成は『おやっ？』と思った。曇りの度合いが東南西のときより濃かったからだ。それでも、先に問い立てをつづける。

「町名に神田がつく」

そのとき八十吉の顔は、幾分驚きの表情となったが、すぐに元へと戻した。そして、答えを「はい」と返す。

「鏡がかなり曇ってますぞ」

すぐさま牢役人は、小林に柄鏡を渡す。

「……なるほど、そういうことか」

誰にも聞こえぬほどの声で、源成は呟く。

「ということは、神田ではないってことか。江戸の町名を全部訊いていたら、何日かかるか分からぬぞ。のう、宍戸殿」

石原が柄鏡を見ながら、宍戸に言った。

「左様でござるな。こんな手間のかかるものでは尋問にはならん。拙者もそんなに暇ではないのでな、これにて打ち切りにしようぞ。やはり、算盤責めが一番効きますからな」

算盤責めとは、ギザギザの板の上に正座させ、膝の上に石の重りを置いていくという責め苦でもって白状させるという痛め吟味の方法である。

「それをして白状しなかった者は、今までおらなんだ」

そうしようと、石原と宍戸が立ち上がろうとしたときであった。

「ちょっとお待ちください」

二人の与力を引きとめたのは、源成であった。

「よくご覧になっていただければ分かりますように、鏡の曇り度合いが濃いでございましょう。これは、明らかに真実を物語ること。嘘をついたときは、こんなにもはっきりとは出ません。かなり心に動揺があれば、嘘をつかなくてもはっきりと表れますから。ですからこれは、嘘の見破りではなく、心透《す》かしと申せます」

源成が話している間にも、八十吉の手は鏡面に置かれていた。

「小林様、これをご覧ください」

牢役人は、さらに濃く手形のついた鏡を小林に差し出す。それをのぞき込んで、源成は言う。

「八十吉は心にかなり葛藤《かっとう》を抱いてます。白状するのは、もう、間もなくでありましょう」

源成の尋問は、さらにつづく。そのたびに、八十吉の表情が暗いものとなってきている。

「神田のあとに、旅籠町とつく。どうだ？」

「………」

はいともいいえとも言わず、八十吉は無言であった。だが、その顔には光るものが滲み出ている。

「掌ばかりでなく、額にも汗が滲んでいるな」

しかし、このとき源成の心の内では、張り裂けんばかりの葛藤が生じていた。源成の額にも汗が滲み出ている。そして、八十吉の答えを待たずに、苦渋の滲む声を絞り出す。

「旅籠町にある、煮売り茶屋だろ？」

屋号までは出したくないと、そこで源成は目を瞑《つむ》った。

このやり取りを、三人の与力と牢役人が固唾を呑んで見やっている。

鏡面は、映る顔がぼやけるほどの曇りをもっていた。だが、もう柄鏡など必要としない。

「どうしてそれを……？」

蚊《か》の鳴くような小さな声で、今まで『はい』以外、ことごとく黙秘してきた八十吉の口から言葉が漏れた。

源成は、仏像の隠し場所は『うまい屋』とみている。それには、あることが絡んでいたからだ。それをもとに、辿っていくと、いろいろ不自然なことが思い浮かび、否応なしに結びつく。

だが、源成はそのときはまだ一縷《いちる》の望みを抱いていた。しかし、八十吉の口から出るこれからの語りは、源成の心を奈落の底に突き落とすものであった。反対に、八十吉の顔は穏やかなものとなっている。

八十吉は、覚悟を決めたようだ。

「この吟味は、痛め吟味よりも効きますねえ。黙っていたってみんなばれちまう」

はっきりとした、八十吉のもの言いであった。

「八十吉、すべてを語ると言うのだな。ならば、お奉行に進言して罪一等の減刑を嘆願しよう」

　一つうなずいてから言ったのは、吟味方与力の石原であった。

　そして、驚愕の供述が八十吉の口からなされる。

「金無垢の仏像と千両は、神田旅籠町の『うまい屋』という、煮売り茶屋の床下にありまさあ」

「偽りはないか？」

　小林の問いには、八十吉は大きくうなずく。そして、眉間に皺を寄せて問う。

「きょうは、何日ですかねえ？」

「葉月《はづき》の十日だ」

「なんですって？」

　小林の答えに、八十吉の顔が仰天《ぎょうてん》となった。

「どうかしたのか？」

「今、なんどきで？」

　源成が、奉行所に来てからかれこれ一刻半が経っている。

「七ツ半にもなろうか。それがどうした？」

「今夜、うまい屋に、お頭たちが押し込むはずだ」

「なんだと？　押し込むとはどういうことだ？」

三人の与力の剣幕が、八十吉に向く。

「うまい屋の主は、以前は霞蜘蛛の次郎左一味の頭だったのです。今は足を洗ってますが……」

源成は、あまりの経緯に言葉も出せずいる。

いつぞや聞いた、同心南波と岡っ引きの話が脳裏に甦る。

「――先代の頭目ってのは、表には絶対に出ねえ奴でな……」

体に震えを帯《お》びながら、八十吉の次の言葉を待った。

「柳刃《やなぎば》の又兵衛っていいやして、そりゃ料理はうまく誰にも優しいお人でした。貧乏人に盗んだ金を与えるのも、又兵衛のお頭が指示したことでありやす。ですが、次郎左の頭はそんな柔なやり方についていけねえ。そんなとき……」

八十吉の、語りは次のようなことであった。

次郎左が率いて万陀寺に押し入り、金無垢の仏像と千両の金を盗んできた。罰当たりなことが嫌いな又兵衛は、盗人稼業に嫌気がさし跡目を次郎左に譲り、身を引くこととなった。そして、又兵衛は次郎左たちに言い含める。

「――あとはおまえたちの好きなようにやっていいが、この千両と仏像はおれが預かる」

盗んできた千両はすぐに分配することはできないほどでかい金である。ほとぼりが冷めるまでと二年間は、一党の隠れ家であった神田旅籠町のしもた屋の床下に穴を掘り、埋めておくことにした。その間に、もしや一味が捕まり、隠し場所が露見してはまずいと、一党はしもた屋を引き払い別の隠れ家に移った。それと同時に、又兵衛は娘とともにしもた屋に移り住み、煮売り茶屋を開業した。それは、世間を欺くための手立てであった。

梅島の八十吉は、ここまでをすらすらと語った。

「又兵衛さんは、直接には盗みに手を下してはないのか？」

「へえ。指示していただけでさあ」

源成の問いに、八十吉は素直に答える。

「今では、又兵衛と次郎左は、まったくかかわりがないのか？」

訊いたのは、小林であった。

「へい。あるとすれば、その仏像と金のことだけでさあ。体よく又兵衛の頭に番をさせ、それを今夜奪い取ろうって肚でやす」

「二年経ったら分配するのであろう。だったら無理やり奪うことなどせず、それまで待てばよいではないか」

もっともな、小林の話である。

「いや、それがそうじゃねえ。どうやら、又兵衛の頭は二年が経つ前に自訴する肚らしい。もちろん又兵衛の頭はそんなことは言いやせんが、次郎左がそんな疑いを抱きやした。それで五日ほど前でやすか、あっしが捕まる前の日に、奪い取ると決めやした。その決行が、きょうの夜……そうだ、又兵衛の頭とお嬢さんが危ねえ」

次郎左と、頭の名をはじめて呼び捨てにした八十吉に、改心のほどがうかがえる。

「あとは石原と宍戸殿に任す」

三番組与力、小林旭之進が動き出す。

源成も牢屋から出ると、小林と打ち合わせをしてから、一目散に我が家へと向かった。腰に差す小太刀を取りに行くためであった。

急ぎ源成は家に戻り、小太刀を腰に差すと、飛び出すように神田旅籠町へと向かった。

「何があったのだ、源成に？」

「さあ……」

ただならぬ源成の様子に、わけが分からぬ左衛内と鈴乃が首を傾げた。

# 七

そのときうまい屋では、すでに暖簾を下ろし遣戸につっかえ棒をすると、土間の卓に、又兵衛と伊代が向かい合って話をしていた。両者がっくりと肩を落とし、苦渋の表情はかなり深刻な話をしていたものと思われる。

すでに暮れ六ツはとうに過ぎ、燭台の灯りが、向かい合った顔を照らす。

「お父っつぁんは、なぜに黙っていたの？」

か細い声で、伊代は訊く。泣き腫《は》らしたのだろうか、目の縁が赤くなり幾分か腫れている。

「そんなこと、話せるわけがないではないか。だが、いつかは言わなくてはならないと思っていた。それが、この日ということだ」

又兵衛の語りは、いつもの淡々とした口調であった。それがむしろ、並々ならぬ決心を感じさせる。

「わしは、明日にでも仏像と千両をもって自訴することにしている。それと、今まで言わなかったが、お前はわしの娘ではないのだ」

ここで又兵衛が、思いもかけないことを打ち明ける。だが、その口調にも澱《よど》みがない。

「えっ？」

伊代の、仰天の目が又兵衛に向いた。

「お前がまだ幼いころ、わしはある旗本のもとに仕えていた。だが、その旗本の家が断絶になり、わしは浪人となった。それからほどなくして、わしの部下であったものが自害をしおった。ひとり娘を残してな……」

「もしや？」

いつぞや、源成の親である左衛内が言っていたことがある。

「——あんたの部下である三村殿は、お家が潰れるとすぐに亡くなったそうだな。……娘が一人残されたみたいだがどうなった？」

あのとき又兵衛は『さあ、分からん。あれから会ってもないのでな』と言っていたが。思い起こせば、心なしか声が震えを帯びていた。伊代は、そのときのことを思い出していた。

「そう、お前は今でも本当は三村伊代という名なのだ。引き取って、わしが育てたものの、実の娘ではない。だから、わしがどうあろうと大手を振って、嫁にいけるということだ。げんなり先生と仕合わせになれ。今まで自訴せずに待ったのは、その間におまえの嫁ぎ先を探すためでもあった。だが、それも叶わず二年が経ってしまった」

又兵衛が語り終えたときには、伊代は卓につっ伏し泣き崩れている。体を横に振るのは、聞くに堪えないといったところか。

「わしの話は、ここまでだ」

又兵衛は、いい終わると静かに立ち上がった。

又兵衛の語りが終わっても、伊代は顔を上げられずにいた。体を横に振り、いやいやをしている様子に見える。伊代の嗚咽《おえつ》を背中で聞いて、振り返ることもせず又兵衛が厨房に戻ろうとしたときであった。

ドンドンドンと、激しく遣戸を叩く音がする。

「開けてください、源成です」

伊代は、打ちひしがれて立てずにいる。又兵衛が、つっかえ棒を外したところで、遣戸がいきなり開いた。

「まだ来ていませんか？」

と、怒鳴るように言って、源成が飛び込んできた。敷居を挟んで、源成と又兵衛とが鉢合わせをする恰好となった。

「げんなり先生……」

源成の、ただならぬ様子に、驚く又兵衛の表情となった。

「霞蜘蛛の次郎左たちは、まだ来てませんね？」

源成の言葉に、さらに又兵衛は驚くというより、慄《おのの》く様子となった。

「えっ、いったい……？」

と言ったきり、又兵衛は絶句する。

「今夜、ここに次郎左たちの一味が仏像と金を奪いに来ます」

「なんだって！　げんなり先生は、なんでそのことを、知っている？」

又兵衛の問いにかまわず、そのとき源成は、卓にうつ伏す伊代に目をやった。

「お話しなされたのですね？」

苦渋の表情を浮かべ、又兵衛が小さくうなずく。

「げんなり先生は、どうしてそれを？」

そして、蚊の鳴くような小さな声で訊いた。

「霞蜘蛛の次郎左の手下から、聞きました」

「なんですって！」

今度は、又兵衛の仰天の声が店の中に轟《とどろ》き渡る。その声に、伏していた伊代が顔を上げた。

「お伊代さん……」

源成が目を向けるも、伊代は横を向いて視線を外す。今は会いたくないといった風にも受け取れる。だが、源成には、二人に話しておかなければならないことがあった。

「次郎左一味が押し入るまでには、まだときがありましょうから、座って話をしませんか？」

霞蜘蛛の次郎左の一味が押しかけてくるのだったら、なぜにすぐに逃げる算段をさせないのか。そのときの源成には、ある思惑があった。

又兵衛と伊代を並んで座らせ、卓を挟んで源成が向かい合って座る。

「又兵衛さんは、八十吉って人を知ってますか？」

がっくりと肩を落とした又兵衛は、観念してるのか無言で小さくうなずく。

「先ほど北町奉行所に呼ばれ……」

源成は、奉行所で八十吉と相対した経緯を語った。

「すべては、八十吉から聞きました。又兵衛さんもそのことをお伊代さんに話したのですね？」

「ああ、今しがたすべてな」

気持ちが落ち着いたか、はっきりした口調で、又兵衛はうなずきながら言った。

「ところでげんなり先生は、なんでわしのところに仏像と金が隠してあると知ったので？」

問う声も、穏やかになっている。

「牢屋にいた八十吉の顔を見ていて、思い当たる節がありましておやと思いました。いつぞや、又兵衛さんを訪れた男の一人に似ていましたもので。そして、その男を八十吉として考えていくと、腑に落ちないことが幾つか脳裏をよぎりました。その一つは、又兵衛さんたちがここに住みはじめたのが今から二年前。寺から仏像と千両が盗まれた時期と一致します。だが、それだけでは、単なる偶然でしょう。でも、なぜにこのしもた屋をと不思議に思いました。娘さんと二人暮らしで、浪人さんが住むにふさわしい建屋の構えでないと思ってました。そこで町人となって、うまい屋を開いたのは世間を欺《あざむ》くためでございましょう」

長い語りに、源成はここで一息ついた。少し口を休ませてから、さらに源成の語りはつづく。

「二つめは、半年ほど前、舌が駄目になっても商売をやりつづけたことです。客が来なくて、どうして商いをと思いましたが、ここを離れるわけにはいかなかったからなのでしょう。それでも二年もの間、自訴せずにいたのは……それについては、こう読みました。お伊代さんの仕合わせを見届けてからと。そうではありませんか？」

「ああ、図星だ」

源成の問いかけに、又兵衛は大きくうなずきを見せた。

「そうこうしている間に、二年が近くなる。お伊代さんのつれ合いとして、真っ先に思い浮かべたのが、昔のよしみがある父上の倅、つまりわたしだったのでしょう。そのうちに万太郎という奴が出てきて、又兵衛さんは心変わりをした。やはり、金のあるほうがよろしいですからね」

ちょっと、皮肉めいた言葉となったものの、さらに源成の語りはつづく。

「まあ、それはともかく、そんなことが八十吉と相対しているとき頭に浮かび、鎌をかけたのです。そうしたら、八十吉が観念したかすべてを話しました」

源成の語りは、ここまでであった。

「そうだったか。八十吉の奴が霞蜘蛛の次郎左の名をな。改心したってことか」

そのとき、又兵衛の顔にふと笑みがこぼれたのを、源成は見逃さなかった。

「又兵衛さん。間もなく霞蜘蛛の次郎左の一党がここに来ましょう。一緒に立ち向かわないですか？」

「えっ？」

「まがりなりにも、以前は武士でしょう。しかも、一党を率いていたのは、力で捻じ伏せていたのではないですか？」

「いや、刀を振っていたのは若いころ。もう十年以上も、刀は握っちゃいない。だいいち、刀なんかもっていない」

「そこの、つっかえ棒で充分では。殺してはなりませんからね」

腕はおとろえているだろう。そんな不安が又兵衛の脳裏によぎり、答えに幾分の間を置いた。

「よし、分かった。あいつらを叩きのめしてから、自訴するとしよう」

心は決まったようだ。

「だったら、わしからも先生に話がある」

「聞きましょう」

「わしがいなくなってからも、この伊代のことを頼む。わしは獄門台に晒《さら》されるだろうが、伊代にはなんら他人《ひと》さまから、うしろ指を差されることはない。なぜなら、わしの本当の娘ではなし、赤の他人として育てていたからだ」

先に、伊代に語っていたことを源成にも告げる。想像もしていなかった話に、源成の口が塞がった。

「お父っつぁん……」

ずっとうつむき黙っていた伊代が、泣き腫らした目を又兵衛に向けた。

「お父っつぁんなんて、もう呼ぶんじゃねえ。このげんなり先生だったら伊代、いやお伊代さんのことを分かってくれる。なあ、そうだろ先生?」

「あっ、はい……」

思わぬ又兵衛の話に、源成は心ここにあらずの返事となった。

「もちろん、わたしに異存はありません」

正気に戻って、源成は言った。だが、伊代を見ると激しく首を横に振っている。

「お家が潰れ、お伊代さんを引き取って間もなく、浪人となったものの暮らしが立ち行かず、ついつい悪の道に嵌《はま》っていった。むろんお伊代さんには、絶対に知られぬようにな」

伊代を他人行儀に呼ぶ又兵衛の声音は、鼻にかかるような響きがあった。

宵五ツも近く、すでに外は暗闇の中にある。蠟燭の明かりが三人の顔を照らしている。

「お伊代さん、今まで黙っていたことを許して……」

と、又兵衛が言う最中であった。

「ちょっと、静かに……」

源成が、又兵衛の口を制した。すると、ザクザクという足音が、外から聞こえてきた。

「五、六人はいますね。お伊代さんは厨房の中に隠れて。又兵衛さんは、つっかえ棒をもって……」

二人とも、源成の言うとおりにする。

又兵衛は、遣戸のつっかえ棒をもつと、徒党が入ってくるのに身構えた。八双《はっそう》の構えで待つ。

「よし、開けろい」

外から、野太い男の声がする。霞蜘蛛の次郎左の声だと、又兵衛が言った。すると同時に、ガラリと音を立てて遣戸が開いた。

源成の読みのとおり、相手の数は五人であった。みな黒ずくめの装束《しょうぞく》である。

一際《ひときわ》体の大きいのが次郎左か。黒い頭巾をかぶっているので、顔の様子はうかがえない。

「おい、隠してある仏像と千両を出してもらおうか。それをもって自訴するなんて許さねえぞ」

やはり次郎左は、又兵衛の魂胆を見抜いていた。

又兵衛を相手にして、次郎左が言う。

「やっぱり奪いに来たのか。自訴しても、おまえらのことは一切話さぬつもりだったのだが……」

「冗談じゃねえ。あれは、おれたちが奪ってきたものだ。誰が、寺になぞ返すかよ。裏切りやがって」

「いや、そういうわけにはいかない。誰がお前らなんぞに渡すものか」

又兵衛が、抗《あらが》って返す。

「なんだと？　だったら、力ずくだ。誰だか知らねえが、横につっ立つ野郎もかまわねえから一緒にやっちめえ」

霞蜘蛛の次郎左の号令が、四人の手下に向く。するとみな、懐から九寸五分の匕首《あいくち》を抜いて身構えた。

源成も、刃長一尺五寸の小太刀を抜く。そしてもの打ちを返すと、棟で打つ構えを取った。

「あっ、この野郎。餓鬼みてえな面しやがって、抜きやがったな。どうせひよっ子だろうよ、柔《や》っけえ野郎だろうから、先にやっちめえ」

卓を足蹴でひっくり返すと、次郎左の手下が一人、匕首を腰に構え源成めがけてつっ込んできた。源成は、ひらりと体を躱《かわ》すと、片手でもつ小太刀を相手の腕にめがけて振り下ろした。ガツッと手の甲の骨が砕《くだ》ける音がして、男が土間にもんどりうった。

その一太刀を見て、霞蜘蛛の次郎左の手下たちの腰が引けた。

「怯《ひる》むんじゃねえ、やっちまえ」

所詮は、極道の喧嘩殺法である。幼いときから、体を動かさないといけないといってはじめた源成の『小太刀無念流』の奥義には敵わない。

腰の引けた相手に向かい、源成のほうからかかっていった。胴、肩、籠手《こて》とたちまちのうちに、三人の手下を打ち据える。

手下を置き去りにして戸口から逃げようとする次郎左を、又兵衛が手にもつつっかえ棒でもって、腰をしこたまぶっ叩く。次郎左は、なすすべもなくその場にうずくまった。

五人は呻き声を発して、店の土間にへたり込んだ。

逃げられぬと知った霞蜘蛛の次郎左は匕首を捨て、又兵衛に向けて土下座をする。

「お頭、おれが悪かった」

観念が、次郎左の口をつく。

「わしはもう、お頭でもなんでもない。とっくに足を洗って、お前らとは無縁だ。それなのに、のこのこやってきおって。仏像と金を奪いに来たのだろうが、残念だったな。げんなり先生、旅籠町の自身番に行って目明しの親分を呼んで……」

「そんな必要はありませんよ。もう間もなく……」

又兵衛の話を途中で遮ると、源成の言葉も途中となった。ザクザクザクと、大勢の足音が外から聞こえてきたからだ。

「来たみたいだな」

と、源成が言ったと同時に遣戸が開いた。

先頭に立って入ってきたのは、陣笠をかぶった三番組与力の小林旭之進であった。

捕り方役人を十人ほど従えている。

土間にうずくまる、霞蜘蛛の次郎左と手下四人の姿に、小林が驚く顔を向けている。

「又兵衛さんが捕まえました」

源成が、小林に向けて答える。

「こいつらを、お縄にしろ」

小林が捕り方に命じ、次郎左たちは早縄を打たれた。

「申しわけありませんでした。仏像と金は厨の下に埋めてあります」

又兵衛は深く頭を下げ、仏像と金の在り処を小林に示すと両手を差し出した。お縄にしろとの意思表示であった。

「娘の前では、いささか気も引けるがやはり捕り縄は仕方あるまい。おい、縛れ」

と、捕り方に命じた。

「だが、げんなり先生から大方の話は聞いているし、このたびの手柄《てがら》だ。お奉行は鬼ではないからな」

減刑をもたらすような、小林の言葉に又兵衛が深く頭を下げた。

かくして、霞蜘蛛の次郎左の一党は一網打尽《だじん》となって引き立てられていく。最後に、又兵衛が捕り方にうしろを押され戸口を出ようとしたときであった。

「お父っつぁんではないと言っただろう。それではお伊代さん、達者《たつしゃ》でな。先生、あとはよろしく頼む」

引き立てられる又兵衛の背中を、源成は黙って見つめていた。

「……頼むと言われても」

源成が小さく呟く。

「お父っつぁん……」

翌日、源成は伊代に、会いに出かけていった。しかし、案ずるごとく伊代は神田旅籠町のうまい屋から姿を消していた。そこに源成宛の一通の手紙を残して。

源成は、手紙を懐に入れると、ふーっと一つ大きなため息を吐いた。

――ごめんなさい、げんなり先生。やはり先生とは一緒にはなれません。父上に、どんな沙汰が下るか分かりませんが、気持ちはいつも父と一緒です。そのようにしてこれからは生きていきますので、ご心配なく。どうぞ、お元気でいいお嫁さんを見つけてください。

源成は、左衛内と鈴乃の前でそれを読んだ。

「又兵衛さんに、どんな沙汰《さた》が下るか知れませんが、それいかんによって、お伊代さんは生き方を決めるのでしょう」

読み終えて、ため息交じりで源成は言葉をつづけた。

「どうして、首に縄をつけてでもうちに連れてこなかった？」

左衛内から、強い口調で源成は詰られる。

「まったくですよ、源成。あんないい娘さんを、おいそれと逃してしまうなんて」

母親鈴乃からも、詰られる。

つらいのは、源成も痛感している。それから三日ほどは、めしが咽喉を通らなかったほどだ。

あのとき源成は伊代のことを、どうしても引き止めることができなかった。又兵衛がお縄にされてから、伊代は一度も源成とは目を合わそうとはしなかった。そのとき、伊代の心の中を源成は知った。

「仕方がないですよ。お伊代さんが又兵衛さんのことを、本当の父上と思っている限りは、どこにもお嫁に行くことはないでしょうよ。それでも……」

この先は独りでも強く生きていくだろうと、源成は伊代の行く末を案ずることなく、気持ちの整理をつけた。

うそつき無用

一〇〇字書評

切り取り線

| 購買動機（新聞、雑誌名を記入するか、あるいは○をつけてください） | |
|---|---|
| □（　　　　　　　　　　）の広告を見て | |
| □（　　　　　　　　　　）の書評を見て | |
| □ 知人のすすめで | □ タイトルに惹かれて |
| □ カバーが良かったから | □ 内容が面白そうだから |
| □ 好きな作家だから | □ 好きな分野の本だから |

・最近、最も感銘を受けた作品名をお書き下さい

・あなたのお好きな作家名をお書き下さい

・その他、ご要望がありましたらお書き下さい

| 住所 | 〒 | | | | |
|---|---|---|---|---|---|
| 氏名 | | 職業 | | 年齢 | |
| Eメール | ※携帯には配信できません | 新刊情報等のメール配信を 希望する・しない | | | |

この本の感想を、編集部までお寄せいただけたらありがたく存じます。今後の企画の参考にさせていただきます。Eメールでも結構です。

いただいた「一〇〇字書評」は、新聞・雑誌等に紹介させていただくことがあります。その場合はお礼として特製図書カードを差し上げます。

前ページの原稿用紙に書評をお書きの上、切り取り、左記までお送り下さい。宛先の住所は不要です。

なお、ご記入いただいたお名前、ご住所等は、書評紹介の事前了解、謝礼のお届けのためだけに利用し、そのほかの目的のために利用することはありません。

〒一〇一-八七〇一
祥伝社文庫編集長　坂口芳和
電話　〇三（三二六五）二〇八〇

祥伝社ホームページの「ブックレビュー」からも、書き込めます。

http://www.shodensha.co.jp/bookreview/

祥伝社文庫

うそつき無用《むよう》　げんなり先生発明始末《せんせいはつめいしまつ》

平成25年 4月20日　初版第1刷発行

著　者　沖田正午《おきだしようご》

発行者　竹内和芳

発行所　祥伝社《しようでんしや》

東京都千代田区神田神保町 3-3
〒101-8701
電話　03（3265）2081（販売部）
電話　03（3265）2080（編集部）
電話　03（3265）3622（業務部）
http://www.shodensha.co.jp/

印刷所　堀内印刷
製本所　積信堂
カバーフォーマットデザイン　中原達治



 ISBN978-4-396-33839-8 C0193

# 祥伝社文庫の好評既刊

今井絵美子　**夢おくり**　便り屋お葉日月抄①

「おかっしゃい」持ち前の侠な心意気で邪な思惑を蹴散らした元芸者・お葉。だが、そこに新たな騒動が！

岡本さとる　**取次屋栄三《えいざ》**

武家と町人のいざこざを知恵と腕力で丸く収める秋月栄三郎。縄田一男氏激賞の「笑える、泣ける」傑作時代小説。

風野真知雄　**勝小吉事件帖**

勝海舟の父、最強にして最低の親ばか小吉が座敷牢から難事件をバッタバッタと解決する。

坂岡　真　**のうらく侍**

やる気のない与力が〝正義〟に目覚めた！　無気力無能の「のうらく者」が剣客として再び立ち上がる。

辻堂　魁　**風の市兵衛**

さすらいの渡り用人、唐木市兵衛。心中事件に隠されていた奸計とは？　〝風の剣〟を振るう市兵衛に瞠目！

藤井邦夫　**素浪人稼業**

神道無念流の日雇い萬稼業・矢吹平八郎。ある日お供を引き受けたご隠居が、浪人風の男に襲われたが…。